鄭荷大戰

文◇王文華　圖○徐至宏

審訂／國立故宮博物院院長　吳密察

目錄

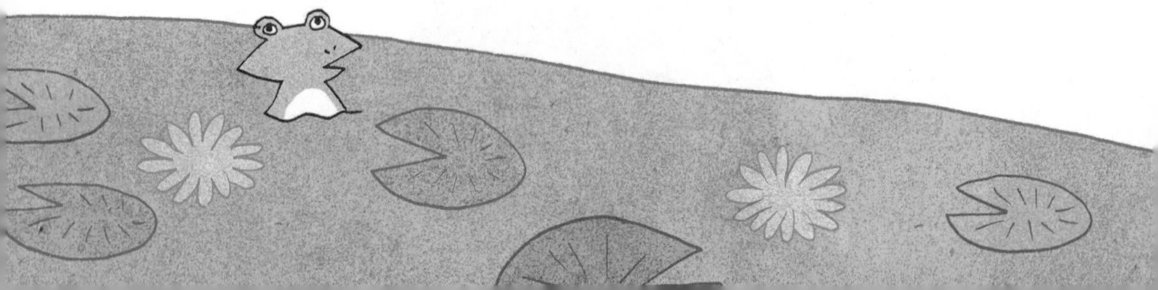

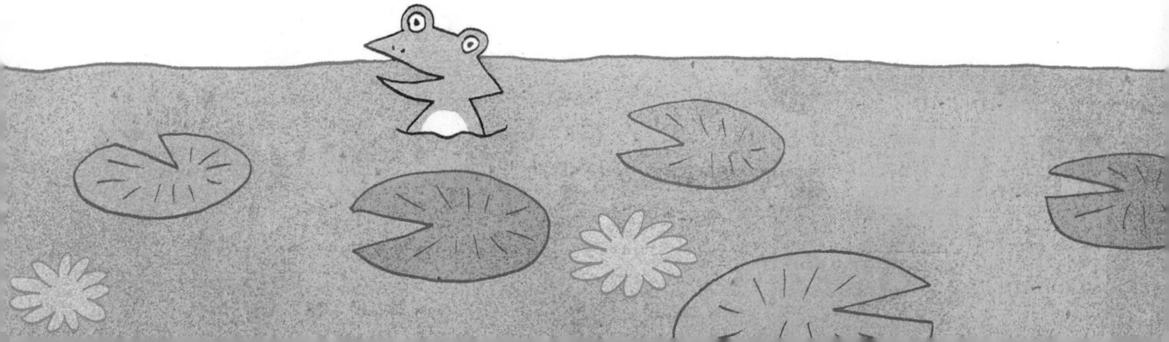

人物介紹

多娜老師

可能小學最神祕的老師之一。目前只知道她在羅馬尼亞修完碩士課程，研究的主題是德古拉爵士吸血時右邊第三顆牙齒神經傳達法門。或許在羅馬尼亞住太久，她說話有濃濃的外國腔；或許研究吸血鬼太久，她的皮膚蒼白，犬齒特別尖，和她說上三分鐘的話，就會打從心裡冷了起來，而學生進入她管理的可能博物館，都會發生一段奇怪的事。

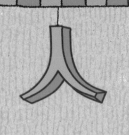

曾聰明

可能小學四年愛班學生，智商高到破表，體力極差，特愛網路、考試與嚴格的老師。因為可能小學不常考試，所以他很困擾，曾經連寫三十六封信給校長，提醒他該多多考試，最好把月考改成日考。校長答應他會列入考慮，這一考慮，就從一年級考慮到現在。

郝優雅

可能小學四年愛班學生，媽媽希望她能舉止優雅，特別為她取名郝優雅，沒想到她整天活蹦亂跳，從小跟著教有氧舞蹈的爸爸學攀岩，三年級考到救生員執照，四年級擁有高山嚮導證，立志要在二十歲前，爬完臺灣百岳，騎單車環遊全世界。

崔必勝

崔牛二將之一，只要有老崔，紅毛兵都得變成鬼，擁有一夫當關，萬夫莫敵的本事。他原本在泉州打漁，原想與妻子、兒子過著平凡的日子，明帝國滅亡時，家人全遭韃子兵殺害，從此跟隨鄭成功南征北討，一心只想幫助鄭成功完成反清復明的夢想。

牛德壯

崔牛二將之一，年紀輕輕就擁有不凡戰功，他出生那年，家裡母牛恰好生了五頭小牛，牛爸爸認為這是好兆頭，所以他的小名叫做牛六。牛六擅使刀，曾拜少林武僧學武術，後來跟著國姓爺去南京打韃子兵，又搭船來臺灣打紅毛兵，是國姓爺不可或缺的貼身侍衛。

鬼一長官

荷蘭人在臺灣的最後一任長官，住在熱蘭遮城，帶著荷蘭士兵，堅持抵抗鄭成功的軍隊長達九個月之久。他等待荷蘭派出援軍來救他，可是盼了九個月，彈盡糧絕，士兵都餓到沒力氣打仗了，他還是堅持不肯投降，整天紅光滿面，到底是為什麼呢？

鄭成功

南明皇帝賜姓「朱」，不管是中國人還是外國人，都會稱他國姓爺。他的父親鄭芝龍投降滿清，他卻要反清復明，帶著父親留下的船隊，在中國東南沿海，開創一片事業，不過，你千萬不能問他：「你母親的名字是不是叫做鄭失敗？」別忘了，在那個年代，還沒有腦筋急轉彎。

前情提要

「救我，救我！」

海浪、沙灘、招潮蟹，外加女孩的驚恐尖叫。

兩個身穿盔甲的大漢，追著女孩跑，手裡還握著亮晃晃刺眼的大刀。

藍天，白雲，紅髮的女孩好顯眼。

「誰來救我呀？」女孩被石頭絆倒。

沙灘上的招潮蟹停下腳步，牠們想幫卻幫不上忙。

海浪急得呼叫雲朵，雲朵嚇白了臉，太陽也躲進雲裡，不敢看接下來血腥的畫面。

大刀在空中，劃出明亮的弧線。

眼看——就要——絕對會——好可怕！那麼，請用力尖叫。

啊~

沙灘不見，白雲退隱。

曾聰明汗涔涔的張開眼睛，書桌上的小夜燈低頭道晚，窗簾睡眼惺忪的朝他揮完手，垂頭入眠，外頭的星星睡覺了，這……

「我又做惡夢了！」

他翻個身，閉著眼，卻再也睡不著。

那個紅髮女孩，是他的同學——郝優雅。

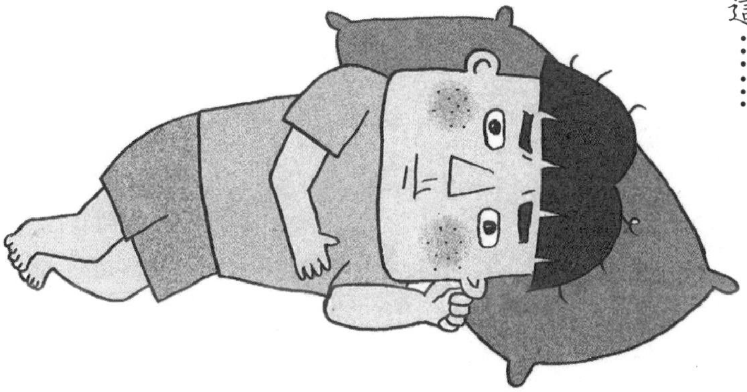

曾經，他們一起蹺課。蹺課沒有好下場，兩人回到臺灣被荷蘭人統治的時代，郝優雅因為那頭紅髮被誤認為荷蘭公主。好不容易，他找到了郝優雅，回來時，竟然拉著新港社老頭目回到可能小學，郝優雅卻彷佛人間蒸發，沒人記得她了。

可能小學裡，沒有不可能的事。

可能小學的校訓，連幼幼班的孩子都知道。

這所學校不常考試。

沒有回家功課。

上什麼課，上幾節課，孩子們都可以提意見。

「這種事怎麼有可能？」

嘿，別忘了那句話：在可能小學，沒有不可能的事。可能小學的孩子，每天早上都是迫不及待的起床，迫不及待的吃早餐，迫不及待的搭

捷運。當捷運列車到了動物園，他們會很有默契的望著下車的旅客，再很有默契的笑一笑。

為什麼呢？因為可能小學就快到了，只是來動物園的遊客不知道。

也許你會說：「動物園站已經是終點站了呀！」

但是，千真萬確，可能小學就在終點站的下一站。

當捷運列車嘰的一聲煞了車，煞的一聲開了門，開了一聲道早安，小朋友就會急著解開數學校門今早的難題後，歡呼著跑進學校上課。

什麼課這麼有趣？吸引孩子們興高采烈的來？

嗯，就從今天早上的課說起吧：

一年級搭熱氣球觀察動物園，老師要在熱氣球上教小朋友水果雕刻，因為又要觀察，又要刻果雕，這堂就叫做綜合課。

二年級的孩子興奮的排隊進故事屋，根據昨天抽籤的結果，該輪到

哆啦A夢和蠟筆小新講故事，

這節是語文課，保證精采。

高年級的孩子們散在校園裡，有人在樹上研究鳥巢編法；有人在池塘邊幫青蛙辦跳高比賽；溪裡游泳的學生在研究最快抵達的路線，想爭取時間獲得再上一次課的機會。

這是可能小學一天的開始，而他們的每一天，都有這麼精采有趣的開始，值得孩子們犧牲遊戲時間，也要千里迢迢來上學。

當然，這也是曾聰明一天的開始。他站在數學大門前，望著上頭的題目：

「一個小孩在學校裡讀書，上午是數學、國

語和自然；下午是健康、體育和音樂，請問上了三小時的課後，這個小孩在哪裡？」

曾聽明想也沒想就回答：「當然在學校裡，這不是數學，是腦筋急轉彎。」

登的一聲，大門打開了，但也好像有什麼在他腦袋裡響了。

「郝優雅是在學校消失的，那麼她當然也還在學校哇！」

13D立體生存遊戲

可能博物館是一顆透明巨大的球，這顆球擺在建築物裡，建築有三層樓高，球也有三層樓高。

叫人好奇的是——

不知道當年建築師是先蓋房子再把球塞進去，還是先把球擺正了，外頭再蓋房子？

這個博物館，為可能小學不解的謎又添了一則。

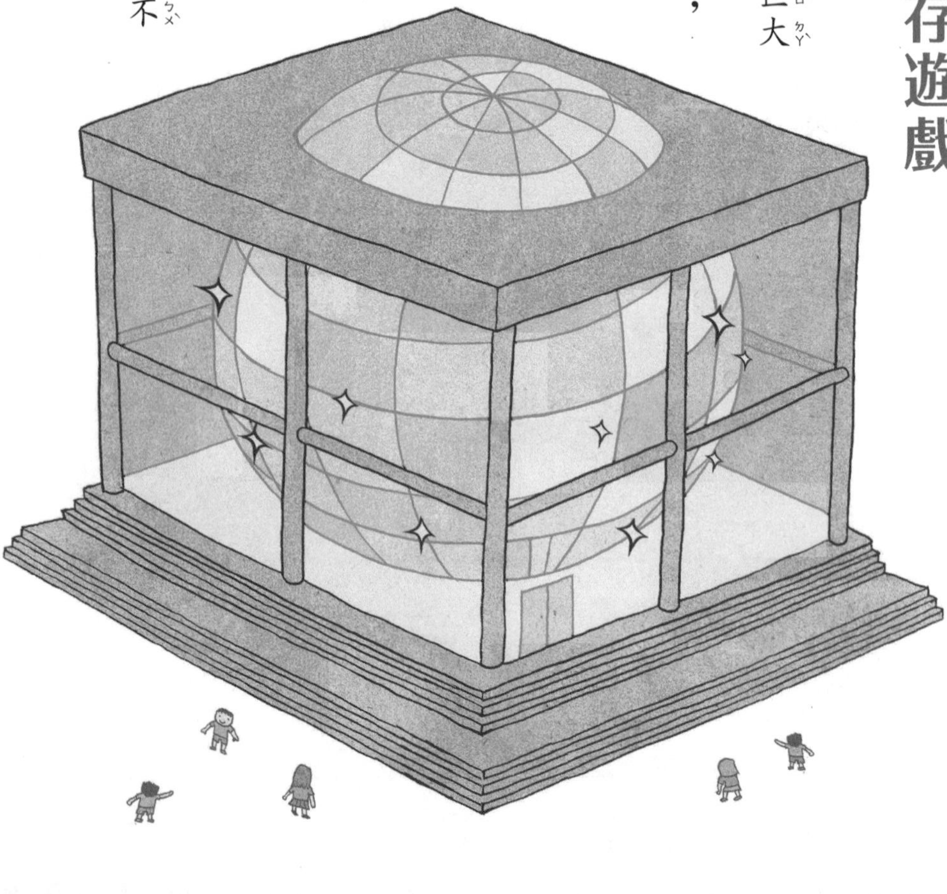

這會兒，滿頭白髮的老爺爺站在球心，手裡拿著藤條枴杖，嘴裡嘰哩咕哩的嚷著……

沒人聽得懂，所以很神祕。

據說他來自某次可能小學的課程，不小心從未來或過去跑來。說的是哪一國哪一族的話呢？可能小學人類學課的老師也查不出來。

因為不知道不了解不明白不清楚，所以他被留在可能博物館，當成唯一的收藏品。

「什麼？博物館只有一件收藏品，而且這件收藏品竟然是個不知道從哪兒來的人？」也許你要大驚小怪的問。

哎呀呀，別忘了，可能小學的校訓就是——可能小學裡，沒有不可能的事。

「代誌」就是這麼簡單。

老爺爺以博物館為家，白天跟小朋友一起上課，遇到他不喜歡的老師，老爺爺就會搶著上臺講課。

「講課？」

嗯，當然——而且是沒人聽得懂的課。儘管是沒人聽得懂的課，他上起來還是很認真呢。

他手裡有根與他同高的枴杖，先是指指天，再來比比地，這枴杖指著的地方，轟的一聲冒出濃煙，煙裡有火花，火花中跑出三隻小豬。

雖然聽不懂，卻很好玩。

因為很好玩，孩子們都喜歡他。

可能小學的老師都很擔心，他們怕自己的課不好玩，教輸一個滿口嘰哩呱啦，沒人聽得懂他說什麼話的老爺爺，那就丟臉丟大了。

現在呢，老爺爺蹲著，手裡有一小撮沙，嘴裡嘰哩咕哩的。

沙子往下漏，細細的塵沙，化成金色的小光點。

光點晶瑩耀眼，孩子們屏氣凝神，都想往前看清楚瞧仔細。

就在發亮的塵沙落地出現什麼奇妙的變化時，孩子們的推擠圍擁也來到恐怖的平衡點。

「哇！」塵沙落地。

「嘩！」地上多了點輕煙。

「怎麼了？」大頭在最外圍，他很好奇。

「到底是什麼事啊？」

他的頭大，擠不過去，只能伸手搶位子，身子用力擠。

擠呀擠呀，大頭終於前進一排，正高興呢，結果那一擠的力量太大，不由自主往前推到同學，前排再推，再擠，就像層層波浪，層層往前，力量越來越大，大到打破那恐怖的平衡。

「哎呀！」一個女生哭了。

一個小男生發出慘叫：「我的褲子掉了啦。」

三十多個小孩亂成一片。

「別吵！」

一聲石破天驚，那是少林寺失傳已久的獅吼功嗎？否則怎麼能讓博物館內的騷動瞬間停止……

……汽水倒滿杯子卻喝不到的貪吃鬼。

……眼淚都流到鼻頭的男生。

……凶巴巴指著人罵的女生。

……使出連環飛踢的空手道社社長。

所有人這會兒動也不動，像被武當山老道點了穴道般。

滴答滴答滴答，是汽水和淚水滴到地上的聲音。

大頭的嘴巴吧咂吧咂的動著，他想解釋什麼，因為一切都是他惹的禍。

獅子吼來自多娜老師。

多娜老師蒼白的臉龐這會兒紅通通，其實她沒練過獅吼功，只是小時候當過風紀股長。

「注意！我們今天要看鄭成功打敗荷蘭人。」

她拍拍手，透明的球體中湧出汪洋大海，海面上有幾十艘帆船，前方有片沙灘，灘上有座城堡。

沒有預警的，「砰！」的好大一聲，是炮彈爆炸。

球體的共鳴效果實在太好了，風聲颯颯，地也在搖，嗡嗡嗡的。

城堡著火了，海上帆船有的擱淺，有的冒出濃煙，有的斷成兩截，半浮半沉的。

又有一顆炮彈朝他們飛來，好多孩子嚇得趴在地上，瞇著眼睛，大叫著救命，炮彈從他們頭上一閃而過。

「一六六一年，鄭成功的船隊從鹿耳門進入台江內海，包圍了荷蘭人蓋的熱蘭遮城九個月，直到一六六二年……」解說員的聲音響起。

「哎呀，原來是3D影像！」大頭拍拍胸口。

不過，他才鬆一口氣，一顆

炮彈直接命中他，紅光閃爍，一陣沒有起伏的聲音喊著：「大頭同學，你的生命值僅存百分之八十，建議你速速撿起地上的大力元氣丸，可以即刻補充你的生命值！」

「什麼？這是3D立體戰爭遊戲？」女生尖叫著。

「想活命，還站著？」多娜老師冷冷的說。

-30%
-25%

超時空報馬仔

九個月的包圍戰

約在三百多年前，臺灣曾經發生過一場持續了九個多月的戰爭，戰爭結束時，勝利的一方客客氣氣的將敵人送走，敵人的財物都能自由帶走，是不是很奇怪？

那是西元一六六一年四月三十日的事了，鄭成功率領兩萬多名士兵，數百艘戰船在暴風雨中從澎湖出發，來到臺灣。

當時的臺灣被荷蘭人統治，鄭成功急需一塊立足之地，他聽從通事何斌的建議，攻下臺灣，於是船隊從鹿耳門進入大員灣。

赤崁街上的漢人，平時受到荷蘭人的重稅壓榨，看到鄭成功像飛將軍一樣抵達大員，扶老攜幼加入鄭軍行列，成了進攻普羅民遮城（就是現在的赤崁樓）最大的助力。

在軍民同心下，普羅民遮城很快就投降了。

不過，勝利遙遙無期，隔著大員灣（台江內海）相望的熱蘭遮城並沒有投降，雙方談判破裂，鄭荷大戰開打。

荷蘭有武器上的優勢，熱蘭遮城也建造得很堅固，鄭成功這場包圍戰一共持續九個月。九個月裡，有陸戰，有埋伏，有求援，有颱風攪局；戰場也橫跨了赤崁、台江內海和大員街，直到一六六二年元月，在荷蘭投降的軍官指點下，一天之內，用兩千多發炮彈，擊垮山坡上的烏特勒支堡，占據制高點後，熱蘭遮城守軍士氣全失，雙方終於上了談判桌。

鄭成功保證荷蘭人都能安全撤離，荷蘭的揆一同意開門投降，結束荷蘭統治臺灣三十八年的歷史。

鄭成功攻臺之役

日期：1661 年 4 月 30 日至 1662 年 2 月 1 日

地點：大員、赤崁（今臺南安平、中西兩區）

結果：鄭軍勝利

參戰方	
 明鄭軍	 荷蘭東印度公司
指揮官	
鄭成功	揆一、貓難實叮
兵力	
25,000 人	熱蘭遮城 1,100 人 普羅民遮城 400 人 巴達維亞援軍 700 人
傷亡	
不明	1,600 人陣亡或病故

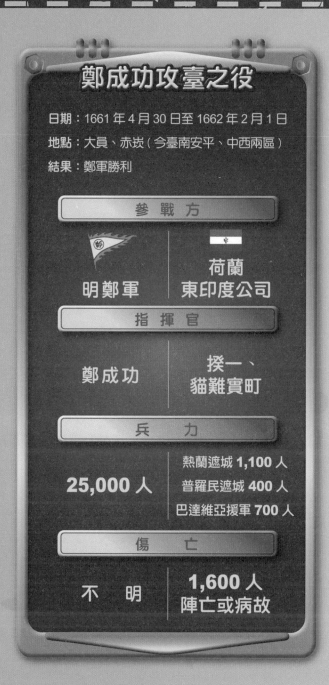

2 紅髮女孩

曾聰明跑得慢，他平時就不愛運動，偏偏炸彈像長了眼睛，專門盯著他的屁股，不到三分鐘，他的生命值只剩百分之四十，紅色警戒燈在他頭上閃爍。

「曾聰明小朋友，注意，注意，你的生命即將……小心……」

咻咻咻！

炸彈朝他飛來時，他正想躲，卻突然站住，避也不避，因為他看到碉堡裡有個熟悉的身影，髮色鮮紅，身材嬌小，看起來就像……

「郝優雅？」

炮彈打在頭上他卻毫無感覺，紅光閃爍，生命值剩下百分之十五了。

「郝優雅？」

-30%
EX
10
-25
50%
GAME OVER
-100
EX
80%
00:05
+50%

曾聰明喃喃自語，無視炮彈雨。

曾經，他做了無數個惡夢，夢見郝優雅落到恐龍谷，被暴龍追擊；他也曾經幻想過，郝優雅回到南宋年間，在蒙古軍隊的鐵蹄下，她是柔弱的鮮花一朵；對了，最可怕的夢是在英格蘭北方草原，那裡有狼人，狼人盯上郝優雅，尖尖的利牙就抵在她的脖子上……

但是他從沒想過，她跑進鄭成功的時代，還是在3D生存遊戲裡。

「郝優雅！」他遲疑的叫了一聲。

影片裡的紅髮女孩愣了一下，隨即躲進碉堡裡。

「那真的是她嗎？」他不知不覺接近碉堡。

炸彈像雨點落在四周，重低音喇叭表現得好極了，炮彈爆炸，地面跳動，磚瓦落石中，碉堡被炸出一個大洞，他從洞口走進碉堡。

光線忽明忽暗，聲音從立體聲變得有點單調，最後又清晰了起來，前面的影像在清楚跟模糊之間不斷交替。

在他一腳踩進碉堡時，紅光綠光藍光拚命閃呀閃呀，不知哪裡鑽出來的狂風猛吹，吹得他閉上眼睛。

時間過了有十分之一秒？

三秒？十分鐘？

風說停就停，他偷偷睜開眼睛。碉堡裡很暗，二、三十個外國士兵靠在牆邊。這款遊戲太優了，他幾乎可以聞到他們的汗臭、鮮血與刺鼻的藥水味，害他忍不住想打噴嚏。

「這一定是心理作祟！」曾聰明猜想。

不過，這裡的牆壁冷冷的。

「咦？」怎麼會摸到牆壁？

他嚇得往後一退，背真的碰上碉堡。喔，天哪，難道他真的從3D遊戲走進一座碉堡？

「這怎麼可能？」曾聰明急著想退回去，可是進來的洞口不見了，一堵石牆擋著他的退路。

他的同學不見了，多娜老師不見了，外國士兵守在碉堡的槍眼邊，唯一的出口是大門，大門不遠的地方，數不清的竹籃沙包堆得像山高，幾面「**鄭**」字大旗迎風作響。

對面是鄭成功的軍隊？難道他要被困在荷蘭的碉堡裡九個月？

「我不是荷蘭人。」他朝著外頭大叫，奇怪的是，整個戰場竟然安靜了。

安安靜靜，靜得曾聰明還可以看見濃煙間，有隻老鷹盤旋。

「有老鷹！」

老鷹不會說話，倒是有陣怪怪的聲音，咻咻咻的，從遠方傳了過來，聲音大了點，他還沒反應過來，砰砰砰，轟隆轟隆轟隆的，地動天搖，粉塵、落石、火花和尖叫聲充斥在小小的碉堡裡。

原來是炮彈，比3D遊戲真實的炮彈。

轟隆轟隆轟隆——

炸彈很密集，狹小的碉堡裡沒有地方好躲，曾聰明只能儘量縮起身體，護著頭。

荷蘭士兵們把背靠在牆上，對著十字架喃喃自語。

如果有一顆炸彈直接命中他，那就……曾聰明越想越害怕，這種時候能求誰呀？

「聖母瑪莉亞、阿拉、阿門、土地公和媽祖婆，誰有靈通誰就快來保護我，我以後一定乖乖聽課，早上運動三分鐘，晚上刷牙一小時，不再尿床，撿到錢會交給媽媽……」

眾神沒來幫他，咻咻亂飛的炮彈簡直瘋了，再待下去，這座碉堡絕對會垮掉，他趴在地上開始往後退。

「曾聰明！」

「啊？」他本能的應了一聲，應完才想到這時會有誰喊他呀？

那聲音很熟悉，他回頭，碉堡頂端剛被炮彈擊垮，磚石土塊落下，一道陽光像探射燈，從上空直接射了進來，光裡塵灰飛舞，紅髮的女孩就如女神般，低頭望著他。

「郝優雅？」他興奮的跳起來，拉著她大叫，「真的是你呀？你怎麼來到

這裡了？」

「不知道，我跟著你在熱蘭遮城的地道裡轉，轉來轉去，結果就來到這裡了，那你呢？你剛才跑去哪裡了？」

「剛才？我都回學校一個星期了，你才剛來這裡？哎呀，我們要趕快回學校，你爸都忘了你這個女兒了。」

超時空報馬仔

陳永華與臺灣

鄭成功占領臺灣後，將普羅民遮城設為東都，次年隨即去世，算一算，他只在臺灣住了十四個月又七天。

鄭成功去世後，兒子鄭經繼位，並任陳永華為參謀。

陳永華親自到南北番社，規劃屯田制度，龐大的鄭家軍有事打仗、無事務農。以赤崁樓為中心，向南向北劃分開墾區，讓隨行的龐大軍隊變成了屯田的農耕隊伍。

軍隊就地開墾的土地稱為「營盤田」。文武官員則是可以依家屬的人數多寡來取得土地，稱為「私田」，這個政策讓鄭家軍大受恩惠，隨著鄭成功來到臺灣的將士官員都因此有了自己的土地。

有了鄭家軍的加入，臺灣的開墾加速，增加了稅收，軍隊的糧食問題也解決了。

今天，臺灣南部很多地名大都還留著當年屯墾的痕跡，例如現今的高雄燕巢、臺南果毅，就是當年的援剿鎮與果毅鎮屯田的地方。

臺南六甲土質適合製陶，當年陳永華燒磚製瓦的地方，可能是在此地。圖為臺南六甲的傳統磚瓦廠。（圖片提供／吳梅瑛）

另外，陳永華還教臺灣人燒磚製瓦、改良臺灣晒鹽的方法。由於原來臺灣的製鹽方法太過簡陋，製造出來的鹽味道苦澀，於是陳永華引入中國沿海在沙地潑上海水的晒鹽方法，改用結晶池結晶，在今臺南市南區鹽埕台江內海的海岸（舊瀨口鹽田），開闢鹽灘，開啓了臺灣晒鹽史的首頁。

3 桶匠、木雕師和鐵匠

「回學校？還是先逃命吧！」郝優雅想找條地道溜出去，書上都這麼寫的嘛：敵人攻來，主人翁在危急中找到一條祕道，由此脫險；不會武功的兒童掉落山崖，在谷底找到山洞，練成絕世武功。

那麼……這座碉堡呢？

看來看去，嘿，她還真的發現一扇被木桶擋住的小門。

小門卻也在這時推開，咚咚咚，走出三個人來：

白髮的老人，巨人般的叔叔，還有個胖胖的大叔。

四周的炮聲配合得很好，乖乖的，暫時不響不叫不飛。

白髮老人說他是桶匠。「專門做尿桶的啦，

整個泉州府，若是說到尿桶伯仔，大家都認識我。」

巨人叔叔兩邊肩膀各扛了一尊神像說：「我是做木雕的，在泉州府學過幾年雕刻。」

他把神像放下來，一邊是土地公，一邊是齊天大聖孫悟空。

最後面的鐵匠胖胖的，力氣很大，帶了一堆菜刀，他送了一把給郝優雅。「來到大員，偷閒剛打好的菜刀，剁雞砍柴保證利，若是客官覺得好用，幫我多多宣傳。」

曾聰明忍不住好奇的問：「外頭炮彈滿天飛，你們卻要來這裡賣尿桶、土地公和菜刀？」

木匠爺爺愁眉苦臉的說：「紅毛仔到泉州找匠人，要我們過來幫忙做事，所以我們才會結伴搭船過黑水溝，沒想到船剛到安平外海，就看見這裡在打仗，連熱蘭遮城都還沒見到呢，就先被派來這裡修補碉堡。」

木雕師叔叔問：「小兄弟，你們也是被抓來的嗎？」

曾聰明正想解釋，後面就鑽出一個荷蘭軍官，比手畫腳，意思大概是要他們趁現在停戰，趕快把碉堡修好。

碉堡頂端有個大洞，四周的牆搖搖欲墜，那扇大門也快被鄭家軍轟開了。要不是荷蘭士兵拚死守住，鄭家軍早就可以進來開舞會了。

他們三個搖頭苦笑，不知該從哪裡開始。

荷蘭軍官很生氣，踢了巨人叔叔一腳，巨人叔叔靈機一動，乾脆把神像擺在碉堡門邊，左邊土地公，右邊孫悟空。

曾聽明幫他放好孫悟空。「這裡又不是廟，怎麼……」

巨人叔叔拍拍手說：「刻神像的遇到紅毛仔兵，有理講不清，只好速請土地公伯來當衛兵。」

他拍拍手，左看右看，覺得滿意了，回到碉堡內，繼續幫桶匠爺爺做尿桶。

「做尿桶？是要保護……」郝優雅很懷疑。

桶匠爺爺的鋸子唱著輕快的歌：「紅毛仔兵沒衛生，我做個特大號尿桶替他們守門。」

鐵匠分送菜刀，碉堡裡人人有獎。

這大概是有史以來最有趣的戰爭了，士兵人手一把菜刀，大門換成尿桶，還有土地公和孫悟空值班守衛。

「我知道了，這是孫悟空鎮守的公共廁所。」曾聰明講得興高采烈。

「那菜刀呢？」郝優雅問。

「這……」曾聰明正想著，炮彈雨又開始下了起來。

第一發炮彈橫掃兩尊神像，右邊的孫悟空咻的一聲飛上天，又機靈的從破洞鑽回來，骨碌碌滾到巨人叔叔腳邊。

第二發炮彈命中尿桶，幸好裡頭還沒有尿，不然就變尿淹紅毛兵。

第三發炮彈打在脆弱的牆上，搖搖晃晃的牆倒了下來，露出一臉尷尬，手拿火槍與菜刀的荷蘭士兵。

哈哈哈，哈哈哈，鄭家軍那邊傳來一陣笑聲。

超時空報馬仔

泉州師傅手藝精

臺灣人現在講到精緻的工藝作品，常會脫口而出說它是泉州師傅做的。不管是廟裡的石刻、典雅好吃的糕點、精美的布袋戲偶或美麗的繡花枕頭，幾乎都會提上這麼一句泉州師傅。

泉州在中國福建，福建是當年移民臺灣人口中的大宗，那裡多半是花崗岩的丘陵，在中原戰亂的時代，中原的士族大批搬遷到泉州，把生產技術與文化也帶到泉州。

唐代以後，港闊水深的泉州港成了中國對外的主要港口，連義大利的馬可波羅都稱它是「世界最大的貿易港」呢！

到了明清時期，因為沿海倭寇和海盜為患，屢屢實施海禁，禁止百姓對外貿易，泉州港因此沒落，泉州的可耕地本來就少，這時就把目光轉到了海洋。

泉州人除了向海洋發展，也有些人來到臺灣，從鄭成功時代開始，陸陸續續來到臺灣，到了清代中

葉，臺灣的開發日盛，極需大量的手工藝師傅，於是，泉州師傅憑著精湛的手藝，在臺灣各地留下不少精采的作品，成了當時品質精美的保證，直到現在，那些被保留下來的作品，仍是值得後人細細欣賞的文化資產。

手藝精湛的泉州木匠師傅製作的鹿港龍山寺藻井。（圖片提供／吳梅瑛）

4 威風凜凜的吹牛二將

殺聲震天，鄭成功的藤牌兵衝過來。

沒有了尿桶大門，沒有了牆壁，現在該拿什麼來抵擋呢？

荷蘭士官嘰哩呱啦的喊，郝優雅趕緊替他翻譯：「跑，趕快跑。」

她會的荷蘭話沒幾句，這句倒是常聽外婆說。

荷蘭士兵扔掉火槍，拿著菜刀，驚慌失措的到處亂跑，跑到一半，發現拿錯了，又趕快回去，丟掉菜刀換拿火槍。

躺在地上的傷患大聲叫嚷，不用猜都知道，那一定是在說：「我，別忘了我。」

終於有人記得他們，將他們抬起來，只是那道門真的太小，傷兵被抬到那裡，就因為擔架太大過不去。

顧不得同袍之誼，其他人擔架一丟，自己哇啦哇啦逃命要緊。人命關天，事情緊急，郝優雅心腸好，她飛奔過去幫忙。

還沒跑到呢，那些傷兵全成了超人，頭上綁繃帶的、腋下有枴杖的，甚至剛才還奄奄一息的，全都爬起來，一拐一拐，一跳一跳衝向小門，衝得那麼急，一不小心，還撞倒站在一旁幫忙的郝優雅。

「真是好心沒好報。」郝優雅仰天倒下，幸好，後頭被人扶著，她回頭一看，是巨人叔叔。

巨人叔叔扶了她一把。「不用急，不用慌，咱們不用逃。」

「不用逃？」

眼看連手腳綁滿繃帶的荷蘭士兵都爬出去了，藤牌兵便把碉堡裡裡外外都圍了個水泄不通。

「不跑？」郝優雅聲音發抖。

曾聰明笑了。「沒錯，沒錯，我們又不是紅毛兵，為什麼要逃？」對呀，他們又不是荷蘭人，攻過來的是鄭成功的軍隊，算來算去都是自己人，郝優雅拍拍手說：「有道理。」

既然沒事，她就安心的走進那道小門，彷彿正走進百貨公司的大廳，純粹要來觀光的。

小門後的階梯直達地下室，地下室連著地道，最後一個荷蘭兵已經退出地道口。

地道並不長，但是出口很隱密，恰好通到小樹林，出了樹林，視野遼闊，原來碉堡就在山坡上，往下望去，越過木柵欄，濃煙中不斷冒出大火的是熱蘭遮城，荷蘭士兵三三兩兩的往城裡跑去。

帶隊的荷蘭軍官精神還不錯，朝他們比著手勢。

「我們不去熱蘭遮城了，謝謝你們。」郝優雅對軍官說。

「對啦，你們趕快逃回城裡，等一下我們跟國姓爺打過去。」桶匠爺爺笑著說，「到時你們還要再逃一次，我可以送你一個尿桶當救生艇，慢慢划回紅毛仔國。」

荷蘭軍官還在比劃，他比的到底是什麼呢，曾聰明覺得像是一顆球？又像滿天的煙花？最討厭的是，他嘴角還帶著難看的微笑。

「簡直就像奸臣一樣，別理他。」郝優雅說，「我們去找鄭成功，看他怎麼打敗這傢伙。」

白髮爺爺說：「對對對，等國姓爺把紅毛仔趕回去，大員就是咱們安身立命的好所在。」

藤牌兵揮舞著鄭字大旗，占領了碉堡。他們剛走近，兩個身著盔甲的大漢衝了過來。

左邊大漢滿臉鬍碴，聲音像雷公，震得耳朵轟隆隆。

「哈哈哈，還有五隻紅毛兵。」

「紅毛兵，想往哪裡逃？」右邊的大漢年紀輕眼睛大。

「五隻？他們說的是我們……」曾聰明脖子一緊，左邊大漢像抓小雞一樣拎著他。

「我抓到一隻紅毛兵。」他另一隻手拉著郝優雅，「還有一隻紅毛仔姑娘。」

郝優雅很生氣。

「我是漢人，不是紅毛仔姑娘，還有你的單位量詞是不是沒學好，人要算『位』的，一位可愛的姑娘。」

她越說越生氣，抬腳用力踢了左邊大漢的小腿，大漢卻連眉毛都沒皺一下。

右邊大漢的大刀高高舉起，白髮爺爺、巨人叔叔和胖胖大叔立刻跪下來大喊：「將軍饒命，小的投降。」

「投降？不好玩啦，來來來，」他指著巨人叔叔，「你長得高，身體一定好，來來來，我們大戰三百回合分個高下，我用一隻手跟你打。」

右邊大漢很有趣，好像認為長得高就是好人，拉著巨人叔叔，興高采烈的樣子，不像要打架。

巨人叔叔只會刻神像，不會打架。「你是大將軍，就算只用一根指頭，我也打不贏你。」

「沒錯，我牛德壯只要伸一根指頭，紅毛仔兵立刻落跑。」

「你是牛將軍，那他——」

牛德壯得意的說：「他是崔必勝，我們都是國姓爺身邊的帶刀侍衛，人稱——」這兩個大漢背靠背，大刀在空中一劃：「崔牛二將！」

「吹牛？吹牛二將？」郝優雅懷疑自己聽錯了。

「沒錯，鼎鼎有名的崔牛二將軍。」他們的笑聲果然像雷鳴。

桶匠爺爺拉著崔必勝說：「真的是你們？哎呀呀，你們是泉州人的光榮，崔牛二將威風凜凜，誰人不知，哪個不曉，打倭寇，戰水賊，赫赫有名。」

一般的人被當面誇獎，總會不好意思一下，沒想到崔必勝笑得一臉開心：「沒錯，沒錯，崔牛二將的老崔就是我。」

「還有我！」牛德壯握著拳頭大叫，「我們一左一右保護國姓爺的安全，看見我們等於見到國姓爺。」

「國姓爺？你是說鄭成功就在這……」郝優雅跳得好高。

曾聽明搔著耳朵說：「他在這裡？太好了，我有問題想問他。」

「你想問什麼？」有個聲音從他們身後傳來，那聲音裡有股威嚴，讓人不由得閉上嘴巴。

鶯歌怪是誰射下來的？

鄭成功是臺灣史上最被神化的人物，到處流傳他的故事，事實上鄭成功趕走荷蘭人後，不到一年就過世了，他的足跡最遠也只到今天嘉義一帶。

關於鄭成功的傳說很多，最常見的就是打怪的故事：例如臺北的鶯歌石、鳶山、蟾蜍山、還有宜蘭的龜山島，據說都是被鄭成功打死的妖怪變的。

另外，他的佩劍也很神奇，大甲鐵砧山上的劍井，臺北的劍潭，都有鄭成功佩劍的傳說。

不過，最神奇的一幕還是在進軍臺灣時，荷蘭人以為鄭成功會從大員進攻，把兵力部署在熱蘭遮城，沒想到鄭成功卻在通事何斌的協助下，選擇由鹿耳門進入台江內海。

「那條水道又淺又危險，船隊怎麼可能從那裡進來呢？」荷蘭人不相信。

民間的傳說是：鄭成功焚香向媽祖祈禱，媽祖婆顯靈，當場助他一水之力，水漲船高，幾百艘戰船就這麼安全抵達臺灣。

真實情況是：何斌在臺灣生活多年，他知道鹿耳門的水域情形，也知道那天適逢大潮，船隊自然能輕鬆駛入臺灣。

這些神話故事反映鄭成功攻臺之役之後，漢人大批移民來臺。這些臺灣人將鄭成功當成開拓臺灣的始祖，稱呼鄭成功為「開臺聖王」，進而奉為神明來崇拜，臺灣總共有六十三座開臺聖王廟，臺南市的「延平郡王祠」就是最具代表性的一座。

臺中清水有個國姓里，村子裡立著鄭成功的塑像。（圖片提供／吳梅瑛）

5 鄭成功的媽媽

溫暖的海風吹著，幾個人拿著樂器在四周吹奏，樂音吵雜，有笛子、鑼鼓，聽不太清楚是什麼曲子。

「鄭」字大旗舉得高高的，旗子颯啦颯啦在風中鼓盪，旗上還有老虎和獅子的圖案，大旗下十多名侍衛走過來，他們戴著光亮的頭盔，腰間佩著大刀。

最前頭，是個騎馬的中年人，和侍衛們比起來，他的皮膚較白，頭上戴著頭盔，身上穿著盔甲和戰袍，看起來年紀跟曾聰明爸爸差不多。

中年人在馬上盯著曾聰明說：「你想問我什麼事？」

「我……」曾聰明退了一步，他有點害怕。

「你……你是誰？」他鼓起勇氣問。

中年人笑一笑，好像打了個暗號，前前後後的士兵全跪到地上喊：

「國姓爺，千歲千歲千千歲！」

「國姓爺，千歲千歲千千歲！」

呼聲震天撼地，還有回音似的，一波又一波。

「國姓爺？你是——鄭成功？」曾聰明很激動。

牛德壯拉拉他的褲子。「小兄弟，趕快向國姓爺請安呀！」

「沒關係，沒關係，」國姓爺很和氣，「你有問題想問我？」

「我……」曾聰明遲疑著，看看巨人叔叔，巨人叔叔比比大拇指要他放心。

「什麼都可以問？」

「沒錯！」

既然鄭成功都這麼說了，於是他很放心的問了個全世界小孩應該都想問的問題：

「請問，你媽媽是不是叫做鄭失敗？」

「鄭失敗？為什麼？」鄭成功一定沒聽過冷笑話。

郝優雅很有默契的補充：「因為，失敗為成功之母哇！哈哈哈。」

她笑得花枝亂顫，一點都不優雅。

鄭成功盯著她看，她急忙讓自己站得像個優雅的姑娘。

「你是紅毛姑娘？」

「我不是。」

「沒關係，我說過，不管是哪裡人，只要放下刀槍，都可以在這片土地上自由的過日子，擁有自己的財產，想去哪裡就去哪裡，拉迪斯，你說對不對呀？」

名叫拉迪斯的侍衛，大步走出來。「國姓爺說得沒錯。」

他的口音怪裡怪氣的，五官也特別立體明顯，明明就是……

崔必勝低聲說：「他本來是紅毛仔軍官，投降國姓爺後，不但提供情報，還教我們怎麼攻打這座碉堡，要不是他，再圍九個月，我們也打不下這個碉堡。」

鄭成功大步下馬，用黃銅望遠鏡看看熱蘭遮城，這才問拉迪斯：「再來要打哪裡，我們要怎麼打，鬼一才會投降？」

拉迪斯說，鄭成功聽，兩個人邊走邊說，那些侍衛立刻跟在四周警戒。

拉迪斯指指碉堡，比比山坡下的熱蘭遮城，一行人越走越接近碉堡，國姓爺大概還想進去看看紅毛人建的城堡。

曾聰明望著他們的背影，腦海裡的紅燈閃呀閃的，是什麼事呢？

巨人叔叔問他：「小兄弟，等到國姓爺打敗紅毛仔之後，我們打算留在大員，大員缺木雕師、桶匠和鐵匠，留在這裡，生意一定好，你想不想學刻神像，我們開個店鋪？」

看曾聰明不回答，巨人叔叔又拍拍他問：「好不好哇？」

「不好，」曾聰明突然大叫，「不好啦，不好啦！」

「哪裡不好？泉州師傅刻神像最出名……」

「碉堡快爆炸了！」曾聰明的話讓人嚇一跳。

「爆炸？」

曾聰明急忙跟大家解釋，剛才荷蘭軍官撤退時，手裡一直比著什麼，那手勢像花一樣，笑容又很怪，「他一定在碉堡裡做了手腳，地下室有那麼多火藥桶……」

郝優雅的動作比她的腦子還要快，曾聰明還在說，她已經衝進鄭成功的隊伍。

「小心……」她邊叫邊喊。

保護鄭成功的侍衛，以為她是刺客，紛紛發出警告：

「來者是誰？」

「當心！」

「別動！」

他們拔刀出拳想攔下郝優雅，沒想到郝優雅在人群裡，滑溜得就像小魚般，由後到前，由東到西，終於拉住鄭成功。

鄭成功的手軟軟的，涼涼的。

「刺客！」吹牛二將一左一右同時抓著她，

「啊，是你！」

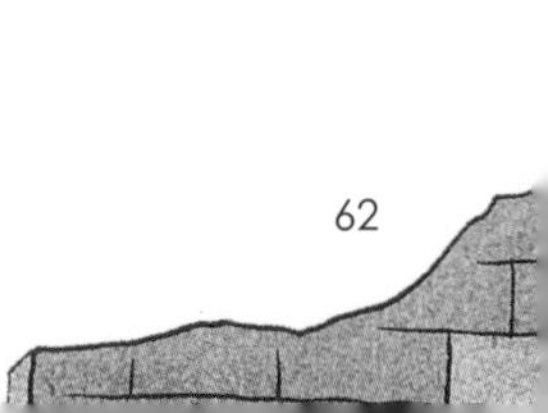

他們的大手，厚厚的，重重的，力量大得她齜牙咧嘴的，但事情緊急，她顧不得疼，趁吹牛二將愣住的片刻，她大吼：「碉堡有炸藥，快要爆炸了。」

鄭成功的媽媽叫做鄭失敗？

失敗為成功之母，鄭成功的母親真的叫做失敗嗎？

喔，不不不，鄭爸爸鄭芝龍是海上的霸主，四海為家，娶了日本姑娘田川松子為妻，於西元一六二四年生下一個兒子，就是鄭成功，這一年正好也是荷蘭人占領臺灣的時候。

鄭成功小名叫做福松，七歲回到中國才改名為鄭森，鄭芝龍希望兒子多讀書，得功名。他很聰明，書也讀得不錯，十五歲成為「秀才」，能詩、能文，還擅長書法，同時在父親的各種軍事活動下成長，周邊也圍繞著歷經海上風霜的鄭芝龍部下。

鄭森後來到南京入太學，鄭芝龍安排他去見明帝國的隆武皇帝，皇帝見到鄭森的相貌堂堂，撫著他的背說：「可惜我沒有個女兒好嫁你，只好希望你要盡忠我家呀。」

明帝國的皇帝姓朱，為了拉攏鄭芝龍，皇帝特別把國姓「朱」賜給鄭森，並為他改名成功，「國姓爺」（Koxinga）的稱呼就是這樣來的。

後來，鄭芝龍投降滿清，鄭母遭清兵凌辱後自殺身亡，痛不欲生的鄭成功特別到了孔廟去，燒掉一身的書生衣服。

他焚著香，對孔子說：「我往日是孺子，今日為孤臣。」

那年，他二十三歲，回到海上，重整父親留下的兵力。與清廷對抗，收復臺灣趕走荷蘭人，全從那時開始。

鄭成功小檔案

一六二四年　出生於日本平戶。

一六三一年　從日本回到福建。

一六四五年　被南明唐王賜姓「朱」，改名成功。

一六五八年　大舉北伐，失敗後返回廈門。

一六六一年　率軍攻臺。

一六六二年　使荷蘭人投降退出臺灣，同年逝世。

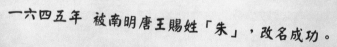

紅毛土最堅固

熱蘭遮城為什麼久攻不下，難道是鄭成功的炮彈輸給荷蘭人？

不不不，鄭成功經營海上貿易很成功，訓練軍隊也很成功，他想買最新式的大炮也買得到，這裡面還有個關鍵就是荷蘭人的建城技術。

荷蘭人主要以磚和石材築造熱蘭遮城。建造時特別遠從印度運來紅磚，還從廈門買來許多木材和石材，但是卻缺乏有黏性的建材，所以就地取材用糯米、紅糖和石灰混合來代替現代的水泥。因為這是荷蘭人創造的建材，所以臺灣人把它叫做紅毛土。

雖然現代的水泥，大多是以石灰石和和黏土等成分合成，已經不會用糯米紅糖等材料來製作，不過大家已經叫慣了，所以有時候稱呼水泥時，還是會用「紅毛土」這個名字。

說到紅毛土這個名稱，其實在荷蘭統治臺灣的時期，很多跟荷蘭人有關的東西，都被當時的漢人冠上「紅毛」二字，例如紅毛樓是指現在的赤崁樓，

紅毛城是指荷蘭人蓋的城堡，包括臺南的安平古堡與淡水的紅毛城。你還能想到什麼跟荷蘭人有關，曾經被冠上「紅毛」二字的東西嗎？

熱蘭遮城的紅毛土。（圖片提供／吳梅瑛）

6 選一塊地打貓打狗

曾聽明落在後頭，碉堡前面的混亂他看得很清楚。

郝優雅衝進去，人群一陣騷動，她喊了什麼，訓練有素的侍衛隊很快就變成撤退隊形：

吹牛二將在前開路，不斷的狂奔狂吼，四個侍衛拉著鄭成功和郝優雅，大步跑回來，另外四個侍衛握刀，跟在後面凝神警戒。

接下來的事情，像煙花瞬間出現，像慢動作重播。

曾聽明很多年後都還會想到這一幕：碉堡瞬間亮了，那一刻，什麼聲音也聽不到，緊接著就是一串轟然巨響，碉堡彈出無數的石塊。

他急忙趴到地上，地面跳動，石塊、磚塊掉下來，他用雙手護頭，轟隆轟隆，爆炸引起更多的爆炸。

爆炸到底還要持續多久？

他怕呀，怕得閉上眼睛，等他再抬起頭來時，碉堡原來的位置只剩一個巨大的坑洞，濃煙、火花不斷往外冒，黑色的煙向上竄，遮住大半個天空。

郝優雅呢？

他連忙站起來，卻又差點跌下去，原來剛才的爆炸太可怕，他的腿都嚇軟了。

黑煙很濃，煙硝味嗆鼻，戰場上，很、安、靜。

除了長驅直入的海風，聽不到什麼聲音。

等了一下，落石堆中終於有什麼在動了，那是……那是……不知道是誰的手從石堆裡伸出來。那隻手動了一下，又動了一下，最後爬出一個高高壯壯的人來，啊，原來是牛德壯。

牛德壯拉起崔必勝，崔必勝又拉出一個紅髮小女孩。是郝優雅，她的紅色頭髮太好認了。曾聰明激動的朝她大叫：「你沒事，哈哈哈，你真的沒事。」

她也在笑，指指他，笑得好開心。

他們兩個在又笑又叫的同時，鄭成功也被侍衛們扶了起來，他的臉這會兒變成黑炭般，不過，滿場的士兵都在歡呼，讓一臉尷尬的鄭成功笑了起來，牙齒與黑黑的臉龐一對照，都可以去當牙膏的代言人了。

「你救了我！」鄭成功說。

「不是我，是他！」她說的是曾聰明，「他發現荷蘭人在炸藥裡做手腳。」

「我得賞你們什麼好呢？」鄭成功搓摩著下巴。

他來回走了幾步後說：「有了，大員的土地這麼多，等趕走紅毛人，你們自己選，打貓、打狗都可以。」

「選一塊地來打貓、打狗，那叫虐待小動物，太殘忍了。」郝優雅搖頭。

牛德壯解釋：「你誤會了，國姓爺不是要你去打狗，他是要把打狗那塊地送給你。」

曾聰明在心裡盤算：鄭成功好大方，一開口就送一塊地，不知道那塊地有多大？哎呀，臺北這時的地名是什麼？我只要一〇一那塊地，有了那塊地，哇，我就……

鄭成功像耶誕老公公，繼續加碼送禮：「除了送一塊地，我再封你們做三品大夫。小小年紀就當三品大夫，不如派你們去勸鬼一投降吧！」

郝優雅大叫：「勸鬼投降？鬼怎麼投降啊？」

決戰烏特勒支堡

在熱蘭遮城九個月的包圍戰中，出現一名關鍵性的荷蘭軍官，因為有他，才能扭轉戰局，改變了臺灣的命運。

這名軍官名叫拉迪斯（Hans Jugen Radis），他在一六六一年耶誕節前向鄭成功投降，還帶來了第一手的荷軍情報：包圍戰打這麼久，荷蘭的守軍大多生病、疲勞不堪，鄭軍只要持續攻擊，就能擊垮他們的士氣。

拉迪斯還指出：熱蘭遮城易守難攻，但是山丘上的烏特勒支碉堡是制高點，那裡防備薄弱，卻很重要，拿下它，就可以居高臨下攻擊熱蘭遮城。

鄭成功大喜過望，他立即著手攻城計畫，先在烏特勒支山丘附近建造三座炮臺，架設二十八門大炮，萬事俱備後，一六六二年一月二十五日鄭軍從北、東、南三面炮轟烏特勒支碉堡和熱蘭遮城，一天之內發出兩千五百發炮彈，其中有一千七百多發全打向烏特勒支碉堡，幾乎將之夷為平地，荷蘭人還派

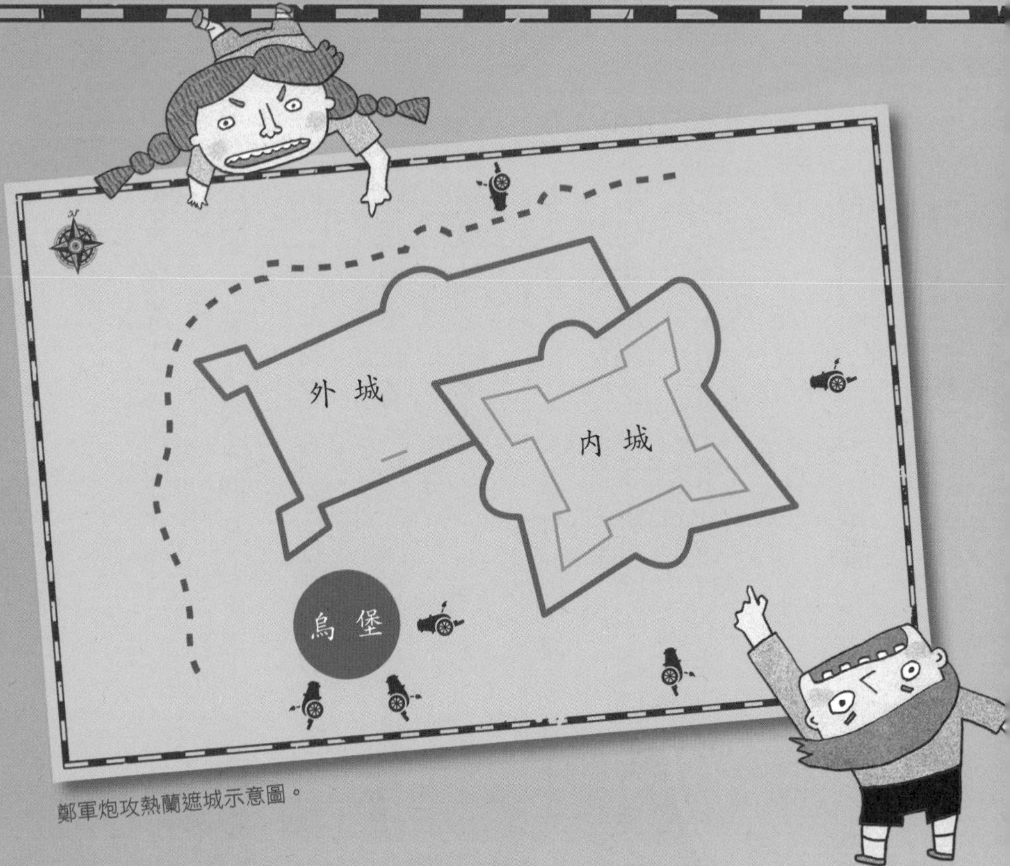

鄭軍炮攻熱蘭遮城示意圖。

了木匠去試著修補它，但是那裡已經倒塌，根本無從修補起。

經過這一役，荷蘭軍隊的士氣大受打擊，不久後就投降撤退，永遠的離開臺灣，而矗立在山丘上的烏特勒支堡，則再也沒有人試圖去修復。當初那座氣勢磅礴，矗立在山頂上的碉堡，就此消失在塵土當中。

7 牛千隻的爹

勸鬼投降小隊出發嘍！

這個小隊只有四個人，吹牛二將外加兩個新任的三品官——曾聰明和郝優雅。

曾聰明坐在馬上，一點也不覺得威風，他只覺得這是一場夢。

今天早上，他只是可能小學的學生，卻不小心在炮戰中救了鄭成功，還變成什麼三品官，現在竟然要跟郝優雅去熱蘭遮城勸鬼投降。

郝優雅是在出發後才明白，他們要去勸

的鬼不是真的鬼，而是荷蘭人的鬼一長官。

這個名字聽起來就很討人厭的感覺。

崔必勝在後面保護他們，他的佩刀在空中劃出銀色的弧線。

「有什麼好勸的？讓我一刀砍了比較痛快。」

他想砍的人就是鬼一。

「要不是鬼一擋在那裡，咱們早就把紅毛仔趕跑，我也回鄉打韃子，順道替我媳婦兒掃掃墓。」

曾聽明問他：「什麼韃子，

什麼媳婦兒？」

崔必勝的話就像壞掉的水龍頭，止不住。

「當年，我只是個漁夫，兒子出生那天，韃子兵打來了，村子裡烽火連天，我媳婦兒剛生產完，根本無力可逃，我拿著大刀，守在門口。軍隊像潮水一樣湧過來，我連砍十六個韃子腦袋，韃子兵卻越來越多，眼看擋不住了，我回頭……」

「怎麼了？」郝優雅忍不住問。

「屋裡燭火昏暗，我媳婦兒抱著孩子躲在床上，韃子兵從窗戶跳進去，長槍捅進被窩，我衝進去，卻被賊兵按住，等我掙脫，拿著刀瘋狂的殺呀殺呀，從屋裡殺到院子，從院子殺到村口，村口鄭芝龍大爺帶他的人來，救了我，卻救不活我的媳婦兒和兒子。」

天空飄著細細的雨，崔必勝的臉上，分不清是雨水還是淚水。

「鄭芝龍不是投降滿清？」曾聰明有讀過這一段歷史。

「那是一年後的事了，他投降那天，很多人跟去升官發財，我不去，我自己划船到南安找國姓爺，國姓爺正在孔廟裡哭，燒掉他穿的書生衣服，帶領我們到海上跟清賊作戰。國姓爺反清，我也反清，如果他不反清，我還是反清，因為我和韃子有不共戴天之仇。」

崔必勝望著曾聰明說：「我的兒子如果活著，也有你這般大了，你也來國姓爺手下當差，咱們有難同當，有福同享，我把一身的武藝全傳給你，怎麼樣？」

「我？」曾聰明看看他，滿臉大鬍子，滿面風霜，長年的打仗在他身上留下不少痕跡，刀疤、箭傷，他屁股還曾被火槍射中過。

「我不想打仗，我當學生比較好。」

「學生？讀三字經百家姓能幹什麼？跟著國姓爺，咱們在大員邊耕田邊練武藝，等到有一天哪，總有那麼一天……」

「到底是哪一天？」

「跟你說，你可別再說出去。」崔必勝壓低了音量。

「我不會說。」而他心裡想的是：如果跟我媽說呢？那算不算？

「有那麼一天，國姓爺在大員立穩了根基，咱們駕著船殺到北京，把滿清人趕回東北吃窩窩頭，到了那一天哪，國姓爺當上皇帝，我呢，好歹也當個兵部尚書，你就做個兵部小書，怎麼樣？」

「國姓爺想當皇帝？」

「誰說不可能呢？時勢造英雄，陳橋兵變，趙匡胤被部下黃袍加身，戲臺上都是這麼演的，國姓爺人品端正，他來當皇上，百姓一定有好日子，至少牛德壯就不必惦著他家那六條牛了，德壯，對不對？」

牛德壯沒聽清，露出黃色大斑牙，傻兮兮的笑。

「那他呢？他也是有家人被……」

崔必勝笑說：「你自己問他呀。」

牛德壯在後頭笑。「我出生那一年，我們家那條母牛也生了五頭小牛，外加我，所以我爹把我取個小名叫牛六。」

郝優雅搶著說：「六條牛？」

「前年，國姓爺要去南京打清兵，軍隊經過我家門口，我爹就叫我安心去當兵，以後才有前途，沒想到，我們剛把南京城圍起來，清兵的援軍卻從後頭打過來……」

「怎麼？後悔了？」崔必勝糗他。

牛德壯大笑：「男子漢大丈夫，吃苦當進補，我只是想我爹，這回一定要把紅毛人打回西洋國，我們在大員這裡養兵千日，總有一天反清復明，天下太平了，我們一家就能團圓了。」

崔必勝尖著嗓子喊：「喔，那時，咱們家牛六當官啦，快給娘生幾頭小牛崽。」

曾聰明搔著頭說：「牛六的兒子，那要叫什麼？牛七？牛八？」

「呸，什麼牛七牛八，等我回到泉州，泉州好地方，我隨便養養，每條母牛都給我生十頭二十頭小牛，到時候我兒子叫牛萬隻，女兒就叫牛千隻。」

崔必勝問：「千隻他爹，那把你女兒嫁給我，行不行啊？」

「你想得美，大老粗，連字都不認識一個。我女兒要嫁，就嫁曾聰明，他名字聰明，人一定也聰明。」

「哈哈哈，曾聰明，你快叫他岳父大人。」

「這……這……」曾聰明搔著腦袋，傻兮兮的笑，一時還不知道怎麼回。

幸好郝優雅提醒他：「你發什麼呆呀，他連牛千隻的娘都還沒娶，你哪來的岳父啦。」

「對喔！」他這麼一說，大家又笑了，熱蘭遮城也近了。

超時空報馬仔

鄭氏企業成功保證

鄭芝龍原本是海盜，會說葡萄牙話，也做過荷蘭人與漢人的翻譯，荷蘭人以他的乳名「一官」稱呼他，野心勃勃的鄭芝龍做了海盜首領後，他整編隊伍，把群盜分成先鋒、左軍、右軍，儼然是支正規軍。

明帝國的官兵制不了鄭芝龍，只能招撫他，鄭芝龍也想藉官兵之名擴大實力，說降就降，不過他只帶八百名部下降明，其他的三千兵馬全留在臺灣。

明帝國政府希望以盜制盜，鄭芝龍卻把握機會，趁機變成中國南方海上最龐大的勢力。

當時想來中國做生意，不管哪一國人都得給他保護費，鄭芝龍發達了，特別派人去日本接回他的妻子和孩子。

明帝國滅亡後，一向自認聰明的鄭芝龍選擇投降滿清，沒想到，他的兒子鄭成功卻認為明帝國君主對鄭家有恩，不應背棄明帝國，堅持抵抗到底。

鄭成功比他爸爸更會做生意，他成立祕密的組織，在內陸稱為山五商，分成金木水火土五個商行，收購絲綢、瓷器等運到廈門，交給海五商販運出海。

海五商的船隊往來日本，賣了貨再運回杉木、桐油、鐵器等軍需品，供部隊使用。

鄭氏企業的規模到底有多大？那時，單從鄭家一艘商船跑一趟日本就能連本帶利帶回十萬兩來看，鄭氏企業大概是東方海上財力最雄厚的企業，比整個荷蘭東印度公司還大呢，也就是因為有這樣成功的企業，才能獨力支持鄭成功的反攻大業。

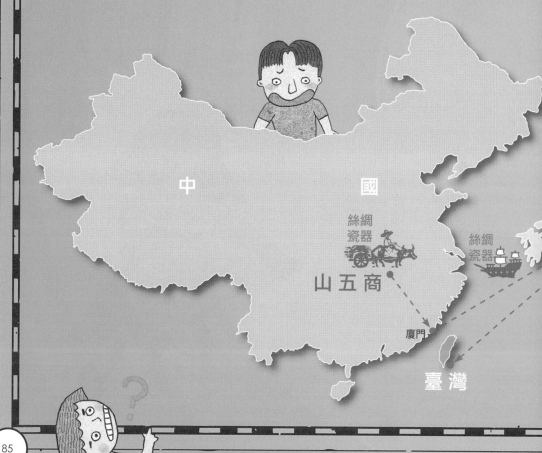

8 大戰前夕

他們從高坡上的碉堡騎馬下來。

幾百個鄭家軍悄悄跟在後頭，悄悄接近城牆。

鄭家軍戴著面具，誇張的表情，恐怖的角色，看起來比曾聰明美勞課時畫的還要可怕。

「難道是要過萬聖節？」曾聰明問。

崔必勝笑著告訴他，戴面具上戰場，攻城時看不見彼此的臉，即使害怕，也不會影響到別人，大家只看到一個個鬼怪，哇啦哇啦向前衝，看起來多勇敢。

「如果是害怕得往後逃呢？」

「他們會以為，這個勇敢的士兵，是來催大家向前殺敵的。」牛德壯跟他們並行，「國姓爺的面具兵一出馬，韃子兵就嚇得屁滾尿流，夠厲害了吧！」

郝優雅想：「如果可以跟牛德壯要個面具，帶回學校，一定炫呆了。」可是一想到學校，她愁上心頭，怎麼回去呀？聽曾聰明說，爸爸都忘了她，她該怎麼辦？

郝優雅的心事越想越多，不知不覺也快到熱蘭遮城了。矗立在最前面的附城方方正正，是一個四角形的城。

荷蘭人大概以為山坡上有那座堅固的碉堡，所以把山坡的炮口都設得太高，打不到接近四角城下的敵人。

馬兒來到四角城下，鄭家軍的先頭部隊已經到了。胖胖大叔和巨人叔叔朝他們揮揮手，他們被派來幫忙在牆角挖洞、埋炸藥。

細雨綿綿，曾聰明他們舉著白旗，繞著熱蘭遮城走。城牆很多地方都被打壞了，有些黑人在雨中搶修，不過，更多的人呆呆的望著他們，連荷蘭國旗都垂頭喪氣的飄不起來。

他們走進前門，全副武裝的荷蘭士兵默默把門關上。

「臭死了！」這是曾聰明對熱蘭遮城的第一個印象。

垃圾丟滿地，空氣裡全是動物死太久的味道，不過，等他發現，那不是小貓小狗而是人的屍體時，他已經吐了三次了。

一個蓬頭垢髮的婦女衝過來，緊拉著郝優雅喊：「沒有耶誕節，沒有Happy New Year，投降！投降！」

「要鄭成功投降？還是要鬼一投降？」郝優雅用荷蘭話問她，可是婦人眼白一翻，又轉去拉牛德壯。

婦人很快被人架走，只留下「投降！投降！」的聲音。

那聲音越來越遠，讓人不安。

天空有不少烏鴉，幾個穿著髒髒外套的小孩，拿著石頭朝烏鴉丟去，烏鴉飛起來又降落，有些還跳著接近他們，嘎嘎嘎的叫聲，彷彿在嘲笑他們。

不遠的一座木工坊冒出大火，但是卻沒有幾個人認真去救火，他們似乎全都見怪不怪，任由火舌劈里啪啦的響，那是這座城裡，聽起來最有生氣的聲音。

「以一座被圍了九個月的城來說，這裡的城牆真的很堅固。」

崔必勝說他打過不少城，在福建，很多城都是炮彈打過去就陷落一大片，不像熱蘭遮城，即使承受這麼多次的炮擊，看起來是還很堅固。

他們下了馬，爬到熱蘭遮城的第三層，視野開闊起來。

鄭家軍在大員街道整隊，堆竹籃沙包和埋伏，指揮他們的，是個頭盔上有一束紅毛的軍官。

海邊的船隊也看得很清楚，那些船

有雙桅的，也有單桅的，有幾艘船冒出濃濃的黑煙，有些人在喊著什麼，比著什麼，還有些人浮在水面上，隔得太遠，雖然聽不到聲音，卻可以感覺到緊張的氣氛。

山坡碉堡那邊的士兵越聚越多，黑黝黝的炮口隱藏在竹籃沙包後頭，數一數，至少幾十門大炮。還有數不清的雲梯，正被人緩緩的推近。

這場大戰一觸即發，如果談判失敗，鄭家軍應該馬上就會進攻了。

鄭成功的鋼鐵人部隊

看過鋼鐵人電影吧，鋼鐵人刀槍不入，好英勇，其實鄭成功也有這樣的士兵喔！

荷蘭人戰敗後，曾有段紀錄留下來：「……他們（指鄭成功）有一部分的士兵把弓箭掛在背上，左手執盾，右手拿很重的劍；有些士兵除兩臂和腳外，全身都穿鐵甲，上面有魚鱗似的鐵重疊……以盾牌作掩護向敵人衝鋒，穿入敵人陣中，勇猛無比，拚命的前進，雖然有許多人陣亡，他們也不管，像瘋狗似的猛撞，也不回頭看……」

這是鄭成功的兩大奇兵之一的鐵人部隊，另一支奇兵是來自福建的藤牌兵。

福建山區出產藤，用藤做的盾牌質料輕，攜帶方便，成本也低；藤除了能抵抗銃彈、弓箭外，它的浮力大，渡水時不必浪費體力。

陸戰時，藤牌兵用藤牌擋住弓箭，滾至敵陣，專砍騎兵馬腳。因此懂得使用藤牌者，可以以一擋十；海戰時，藤牌兵用藤牌護住身體，然後跳至敵艦與敵人拚鬥，落海也不怕。

藤牌這個武器，在現在廟會的宋江陣中仍然可以看到。
（圖片提供／謝宗榮）

鐵人部隊全身覆滿鐵甲、鐵製面具，敵人的刀槍根本傷不了他們。不過一身鐵盔甲重量不輕，得挑選能提著三百斤的大石頭走三圈的大力士，才有資格加入鐵人部隊。

鐵面具的造型很可怕，還沒上場，就可以讓敵人心生畏懼，未戰先敗。

所以，鋼鐵人算什麼呢？在鄭成功時代，臺灣就曾經出現過幾千個鋼鐵人上戰場的畫面了呢。

9 娘子軍大顯神通

鬼一長官在一個大廳接見他們，裡頭全是荷蘭軍官，門口和窗邊都擠滿了關心熱蘭遮城的婦女、小孩。

鬼一長官留著大波浪的捲髮，有點偏紅，要不是表情實在太嚴肅，郝優雅真想問他，是哪一家美容院才能燙出這麼好看的髮型。

他身邊的軍官慌張多了，也許是剛剛吃了敗仗，見到崔必勝和牛德壯時，臉上露出害怕的樣子。

「國姓爺要你們投降！」崔必勝說，鬼一身邊的翻譯官，立刻開始同步翻譯兩方的話，「國姓爺的條件很優渥，你們投降後，武器和自己的財產都可以用你們的船帶走。」

鬼一不答應：「不行，大員的一切，都是荷蘭東印度公司的財產，我不能作主，要投降，也要等我寫信去巴達維亞城，等總督答應了，我才能向你們投降。」

崔必勝想嚇他：「好吧，我們也不等了。國姓爺三百門大炮剛把你們最堅固的烏堡打成一個大洞，三萬個最英勇的士兵，就在四角城外埋伏，隨時可以衝進來。」

「是烏堡。」鬼一很憤怒。

「隨便啦！你們的烏堡現在變成一堆石頭，我們的大炮，現在瞄準哪裡，你猜猜看？」

鬼一聽了，態度有一點軟化，他搖了搖頭說：

「我、我不能作主。」

「那太好了，曾聰明，你去窗口揮揮手，打仗嘍！」他說得興高采烈，彷彿盼望鬼一別投降，他想大打一仗。

「等……等一下！」鬼一長官急忙喊住曾聰明，「我一個人做不了決定，就算要投降，也要大家投票表決！」

「投票？」崔必勝和牛德壯不懂，「什麼是投票？要表決什麼？」

曾聰明解釋，投票是比人頭，不是比拳頭，要少數服從多數。

牛德壯聽到這裡，立刻拍著大腿說：「那好，你們輸了。」

「為什麼？」

「我們有三萬個兄弟，每個人投一票，紅毛仔早就輸了呀。」

沒想到這麼複雜的事到了牛德壯的嘴裡，變得簡單易懂。

城外有三萬個鄭家軍，城裡不到兩千個荷蘭人，投票表決當然是鄭成功贏啊。

崔必勝高興的拍著郝優雅的肩膀喊：「投票！投票！投票！」大廳裡的荷蘭人不受影響，他們立刻投票，但是敢舉手投降的，卻沒有幾個。

「看吧，我們的軍官都想決一死戰。」鬼一很得意，「荷蘭的士兵都是大大的好，他們都有大大的勇氣，願意……」他這番激昂的演講只講到一半，門口就衝進來一個孕婦，她的肚子大，力氣也大，拉著一個表情尷尬的軍官，對他又吼又嚷又踢。

翻譯官這段翻得很精采：「你給我投降！我不想待在這個地方，這裡買不到香水，沒有地方逛街，還有，我不想和這些原始人打交道。」

「原始人？」牛德壯很老實的問，「誰是原始人？」

等他弄懂，紅毛孕婦說的原始人就是他和崔必勝時，鬼一已經派人把她「用力的」請出去。

「男人開會，沒有女人的事。」

鬼一還說：「請跟國姓爺說，熱蘭遮城的軍隊，決定戰到最後一兵一卒，也絕不……哎呀……」

後面這句是鬼一自己喊的，因為被他趕出去的孕婦，這回帶了二、三十位娘子軍衝進來，拉他的鬍子，扯他的耳朵，還有三、四個小孩抱著他的大腿。

「放開！」鬼一大叫，「來人，快來人哪！」

翻譯官十分盡責，服務太好了，他全程轉播，即時把鬼一的鬼吼鬼叫都翻譯出來。

「別拉我的鬍子。」

「這是我的皮帶。」

「天哪，我的褲子快被扯開了。」

翻譯官翻到這裡自己都笑了起來。其他的媽媽、婆婆、太太和小姐們兵分多路：

抱孩子的媽媽把懷裡的孩子丟給老公，哇啦哇啦的訴苦，說孩子餓肚子，想回家；年輕的少婦扯著老公的耳朵，要他舉手；年長的奶奶在教訓兒子，希望他們像個男人，輸了就輸了，留在大員沒有前途。

當然，還有很多人提到耶誕節：今年沒有聖餐酒，孩子們沒有禮物，而這個新年，她們最大的願望就是能回到幾千里外的家。

「回家。」所有的婦女瞪著男人說，「我們想回家。」

大廳裡的男人不再遲疑，他們要求重新計票：「讓我們回家，我們不想待在這個鬼地方。」

郝優雅數一數後說：「二十四比三，」她向牛德壯比個勝利手勢，「他們決定要投降啦！」

10 鬼一的美髮祕密

「我死也不投降！」鬼一趁著空檔，氣沖沖的溜回房裡，砰的一聲，緊鎖住大門，「投票無效。」他在裡頭大喊。

「不是說少數要服從多數？」牛德壯問。

「可是多數也要尊重少數。現在，」郝優雅解釋，「他是少數，這叫做民主。」

那些荷蘭的小姐和歐巴桑不懂民主，她們憤怒的拍打鬼一的門，吼著要他滾出來。

鬼一不開門，太太們推著丈夫過來，塞給他們鍋鏟、剪刀和毛線棒，逼他們把門撞開。

荷蘭的男人們無可奈何的拿起鍋鏟，把門「炒」得砰砰響。

「沒有辦法嘛！」男人們把手一攤，「打不開呀！」

崔必勝和牛德壯互相看了看，兩個人很有默契的全速衝刺，肩膀用力一撞，門就被撞飛了，贏來那些太太、小姐和歐巴桑的叫好，有個金髮老婆婆笑咪咪的拉著牛德壯，捏捏他的手臂，發出嘖嘖嘖的讚嘆聲，如果牛德壯想娶她，大概沒問題。

更好玩的是，洞開的大門內，人人都看見鬼一嘴裡塞滿食物，手裡拿著酒杯。鬼一大概被嚇到了，酒杯掉到地上，發出匡噹一聲。

「鬼一，你怎麼有葡萄酒？」金髮婆婆喊。

「你的頭髮呢？」另一個小姐喊著。

對呀，塵土落盡，鬼一成了禿頭老伯伯，他橘色的大波浪長髮呢？小姐和歐巴桑不讓他解釋，娘子軍團毫無懼色的衝進鬼一房間，鬼一被擠到牆角，整張臉緊緊貼著牆壁，上頭三隻蜘蛛急著撤退，不想跟他靠在一起。

娘子軍團沒有理會鬼一，她們發出歡呼，因為鬼一的房間裡有……

整箱整箱的餅乾和馬鈴薯。

疊到天花板的葡萄酒桶。

放到快爛掉的肉乾。

娘子軍唱著歌，拉掉酒桶木塞，歡快的將酒遞給老公，彼此手勾著手，開懷暢飲時還不忘咒罵鬼一：

「困在城裡九個月，大家都沒東西吃，你竟然偷藏這麼多食物？」

翻譯官現在手裡也有酒啦，他舉杯，向著郝優雅微微一笑。

郝優雅咬了一小口餅乾，嗯，有點霉味。

男人們喝了酒，膽子也大了，他們大口喝酒，大口啃肉乾，還不忘罵鬼一：

「我們都餓得沒力氣打仗，你呀……」

金髮婆婆抓了好多肉乾給牛德壯，牛德壯聞一聞，又把它放下，他可不敢吃這種紅毛國的「鬼東西」。

曾聰明和郝優雅趁機參觀：房間裡全是各式各樣鬼一的畫像，每一幅畫像都戴著不同的假髮，紅橙黃綠藍靛紫，簡直和彩虹一樣美麗。牆上還有一顆地球儀，郝優雅好奇的走近才發現，原來那裡曾被炮彈擊中，圓圓的，剛好可以塞進一顆地球儀。

書桌旁架著黃銅製的望遠鏡，有長有短，牛德壯抱了一支。「這個千里鏡好，送給國姓爺好。」

衣櫥的門壞了，裡頭吊了七、八頂假髮，郝優雅喜歡變換髮色，拿著鬼一的金色捲髮在鏡子前比來比去。

這麼快樂的場合，沒人注意到鬼一。

鬼一眼睛骨碌碌的轉哪轉哪。

郝優雅戴著金色假髮也在轉，她轉個圈，又轉了個圈。

「有什麼好看的！」她瞪著鬼一說。

鬼一沒說話，趁大家狂歡，伸長了手，想把她拉進衣櫥裡。

郝優雅的牙齒尖，她狠狠的朝鬼一手臂咬下去，鬼一只好鬆手，她又以一個側踢，把鬼一踢得四腳朝天。

「小心，小心。」曾聰明以為他跌倒，好心想扶他。

鬼一吼了一句，嘰哩呱啦的，這句話翻譯官還來不及翻譯，鬼一已經把曾聰明拉進衣櫥，原來裡頭還有一道小門，通往一條狹小的通道。

　　牛德壯的反應很快，他立刻追上去，可是通道實在太窄了，門口應該要立個警告標誌牌，禁止身高一百八以上的人進入。

　　牛德壯前腳剛跨進去，額頭立刻撞到天花板，他的責任心又強，

雖然要縮著身子在裡頭爬，他還是努力讓自己爬快一點。

「讓我先走，讓我先走。」郝優雅想要超車。

「我也想啊，但是這裡連轉個身都很困難了。」牛德壯揉著頭，大聲的咆哮，「我的娘啊，痛死啦。」

通道漸漸變寬了，裡頭有煤油燈，幸好這裡沒有岔路，鬼一把曾聰明帶到盡頭，打開另一道門，立刻又把門關上。

曾聰明揮著手，好像喊了什麼，通道回音太大，根本聽不清楚。

郝優雅他們終於追過來，這道門外是個小房間，幾扇窗子引進陽光，一門巨炮架在窗口，沒有其他的門，沒有家具。

「他們呢？」郝優雅問，「他們到哪裡去了？」

「嗯，怪怪隆得咚！有大炮卻沒火藥，你說奇怪不奇怪？」牛德壯拉開炮栓，露出黑黝黝的炮口，炮口異乎尋常的大，即使牛德壯鑽進去也沒問題。

「你的意思是—他們從這裡鑽進去了？」

「來，女士優先！」牛德壯拿著千里鏡，比了個請字。

她低頭看看炮口，炮口朝向大海，海面陽光閃耀，是適合去郊遊的天氣。

「曾聰明！」她喊了一聲，看不見曾聰明。

海面上有個人浮著，光禿禿的頭上反射日光，像面鏡子。

「那是鬼一。」她大叫，「曾聰明呢？難道他還沉在海裡？」

曾聰明不會游泳，如果他沉在海裡……

她想到這裡，立刻把腳伸進炮管裡，頭上腳下，就這麼滑下去。

鄭荷大戰的結果

鄭荷大戰，雖然荷蘭敗了，他們的揆一長官要求與鄭成功談判，而鄭成功也展現勝利者的風範，並沒有血洗熱蘭遮城，反而答應給對方一份尊嚴的條約。

離現在大概九個月之前，我國姓爺率領大軍登陸福爾摩沙，最後在長官揆一及其議會的提議下，我同意其中的條款：

一. 雙方發生過的問題都已經過去，不再存在。

二. 城堡裡所有的武器、彈藥及全部商品都要交給我。

三. 各船得以攜帶航行途中需要數量的供應品，如米、酒、鹹肉等。

四. 所有平民的財物，都可以裝上船帶走。

五. 高階的官員可以帶走二百個兩盾半的銀幣；其他二十個低階的人可以攜帶合計一千個兩盾半銀幣。

六. 士兵可以帶著行李，全副武裝，點燃火繩、子彈上膛、旗子打開並打鼓上船離去。

七. 所有的荷蘭人，男的、女的、孩童、黑人，都將於八至十日內送到船上，還在我方的地方官及其他人，也將交還你們；那些可能在此地或其他地方躲藏的人，也將同樣平安的交還給你們。

八. 我將命令兵士不得前往熱蘭遮城附近，也不得有騷擾或暴力行為。

九. 在和約簽訂以前，熱蘭遮城得以掛一面白旗。

十. 所有還在熱蘭遮城裡的漢人須全部釋放，同樣，在我們這邊還活著的荷蘭人也將予以釋放。

新政府十五年十二月十三日

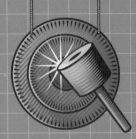

揆一的下場與荷蘭人救援不及的船隊

揆一是荷蘭人在臺灣最後一任長官，一六六二年二月九日，荷蘭人共計兩千人全部撤離熱蘭遮城，揆一將象徵主權的城堡鑰匙交給鄭成功的官員。

總計荷蘭人從一六二四年八月二十六日登陸臺灣到一六六二年二月一日正式向鄭成功投降，共計治理臺灣有三十七年五個月。歷史上稱荷人治臺三十八年。

而揆一呢？臺灣失守後，東印度公司認為他應該為失去臺灣負責，判他無期徒刑，流放到馬來西亞的小島八年，經過他妻子及朋友的營救，最後終於獲得營救返回荷蘭。揆一回家後，寫了《被遺誤的臺灣》一書，揭發東印度公司對臺灣經營的失敗，並為自己辯護，他譴責東印度公司高層怠忽職守，他是因為孤立無援才丟掉臺灣。

荷蘭統治大事記

1602
荷蘭東印度公司成立。

1604
韋麻郎率領船隊進犯澎湖，遭福建都司沈有容率領戰艦50艘驅逐進犯澎湖的荷蘭人。

1622
荷蘭人占領澎湖，並搶奪鄭芝龍的商船，鄭芝龍與明軍向荷蘭開戰，生擒荷將，並逼使荷蘭人退出澎湖，轉向臺灣。

1624
荷蘭人占領大員，開始在臺三十八年的統治。

1634
熱蘭遮城完工。

1646
鄭芝龍投降滿清。

1661
鄭成功率軍由鹿耳門進入台江內海，展開對熱蘭遮城長達九個月的包圍戰。

1662
一月二十六日，荷蘭人投降，撤出熱蘭遮城。

11 回到可能小學

正常的大炮，咻的一聲，就到頭了。

然而這個大炮裡頭滑溜溜，時間長得讓她都想好了：等一下如果追到鬼一，她要使出跆拳道，鬼一肯定沒學過這些拳法。

連環飛踢，踢頭踢肚子，保證鬼一跪地求饒，乖乖把曾聰明放了。

想到這裡，前面終於有一點亮光。

滴答滴答，時間過了幾秒鐘？還是幾分鐘？

光點越來越大，越來越強，炮口出現藍藍的大海，海上有艘三桅戰艦，她來不及反應，直接掉在戰艦主桅的船帆上。

「哇！」她的身體被船帆一彈，跌在另一片船帆，然後又一片，最後彈落在地上。

身體痛死了，可是，救人要緊。

她立刻一個迴旋踢，落地後站緊腳步：「鬼一，把人放了。」

怪怪的，太安靜了，她瞪大了眼睛，咦，船上擠滿了人，再仔細看看，這根本就不是船，多娜老師站前面，她的同學圍在四周，她以為是船的地方，其實只是可能博物館播出來的3D生存遊戲，但是，船已經開遠了，她剛才真的有碰到船帆嗎？

「她好像是從螢幕裡飛出來的！」有人說。

「簡直是飛天女超人嘛。」

「姿勢是不錯啦，就是頭髮紅得太奇怪。」另一個人說。

「我……我回來了？」她慌慌張張的問，「曾聰明呢？還有鬼一，荷蘭的鬼一長官抓著曾聰明……」

多娜老師搖搖頭說：「荷蘭人的末代長官叫做揆一，不是鬼一，剛才大家都看見了。」

「揆一？他在哪裡？」

「鄭成功打敗他，所以搭船走了呀。」同學異口同聲。

「真的？」

他們指著螢光幕說：「真的，就在那艘船上。」

她回頭，那艘越走越遠的船上有鬼一的身影，他站在船尾，不知道什麼時候又把假髮戴起來了，他身邊有好多人，是那群娘子軍，但是，她找不到曾聰明。

生存遊戲的旁白響起：

「感謝你的奮勇殺敵，幫助鄭成功在一六六二年打敗荷蘭人，荷蘭人末代長官揆一簽下和平議定書後，帶著部下搭船回到巴達維亞總部，他回到巴達維亞後，因為擅自投降，結果被判刑，關在牢裡。」

「那曾聰明呢？曾聰明有回來嗎？」郝優雅大叫。

她身旁的同學相互看一看，聳聳肩，曾聰明？誰呀？彷彿從沒聽過這個名字。

他們在開玩笑嗎？可是一張張茫然的表情，卻又不像。

「優雅，你是上課上太累了嗎？」多娜老師拍拍手，「好了，小朋友可以離開可能博物館，準備去上音樂課嘍。」

瞬間，博物館裡的人幾乎都走光了。

多娜老師拍拍她的肩。「可能今天的戰爭場面太刺激了，下回我會準備騰雲號火車的故事，只搭火車，不會太嚇人。」

啪的一聲，生存遊戲的3D動畫停止播放，光明重回博物館，這裡只剩她。

「曾聰明！」她喊了一聲。

播放器動了一下，她欣喜的站起來大喊：「曾聰明！」

圓形螢幕上有個銀色的光點，大概是播放器沒關好。

她站起身來想離去，突然，一陣聲音從擴音器裡傳出來。

「啊～啊～啊～啊～」

螢幕光點越來越強，她不禁閉上眼睛。

「砰！啊！哎呀！」

又有人掉出來了。

「曾聰明！」她張開眼睛大叫。

掉下來的人，身材高大，全身盔甲，手裡還握著一支銅製望遠鏡。

「牛德壯？」

來人身高至少一百八，真的是鄭成功的貼身侍衛，吹牛二將之一的牛德壯。

「曾聰明呢？」

牛德壯反而有更多的問題想問她。

「這裡是什麼地方？我怎麼會來這裡？那個紅毛仔鬼一呢？我要怎麼回去熱蘭遮城？國姓爺呢？我的好兄弟崔必勝呢？他在哪裡……」

郝優雅不知道不清楚不明白，她望著圓形螢幕，希望還有人掉下來。

但是，那天她等了很久很久，等到太陽都快下山了，博物館裡，就只有她和喋喋不休的牛德壯，再也沒有人掉下來了。

絕對可能任務——

親愛的小朋友，讀完這本書，
是不是覺得郝優雅和曾聰明的
驚險之旅很好玩呢？
想參加嗎？
先完成闖關任務吧！

任務1 鄭成功攻臺地圖

這裡有兩張鄭成功的軍事地圖，是牛德壯帶到現代的，但是糊塗的他，把當初打仗的過程弄混了，你能不能幫幫他，根據地圖左邊的攻臺行動，畫出鄭成功攻臺路線。

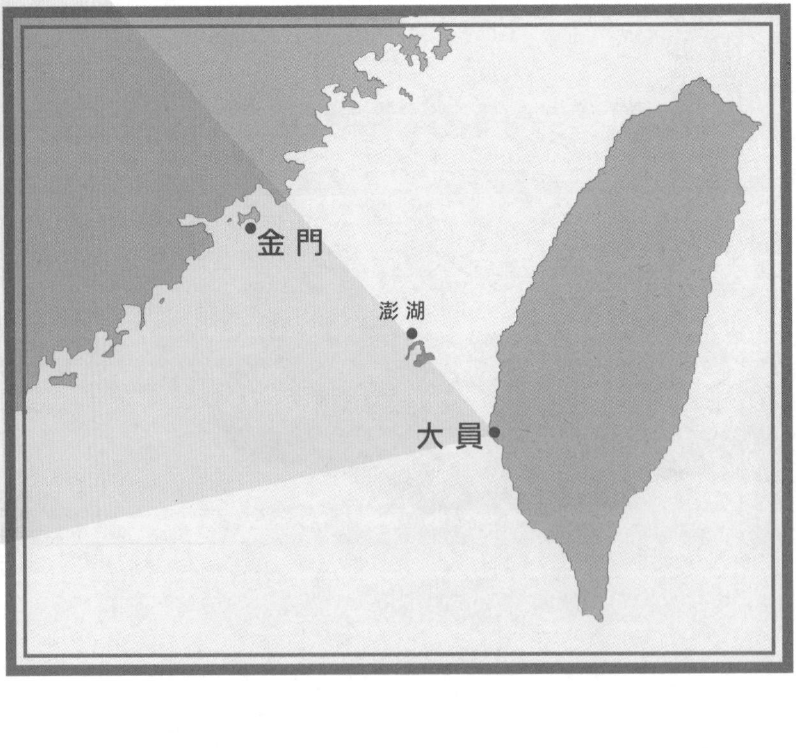

1661年4月21日
金門料羅灣出發
1661年4月22日
抵澎湖休息 遇逆風，缺糧
1661年4月30日
清晨抵鹿耳門，午後潮水上漲，進入鹿耳門
1661年5月1日
登陸禾寮港 （今永康洲仔尾） 5月6日接收 普羅民遮城
1662年1月25日
大軍分北線尾（北）、赤崁街（東）、一鯤鯓（南）三路進攻熱蘭遮城，二日後，荷蘭人要求停火談判

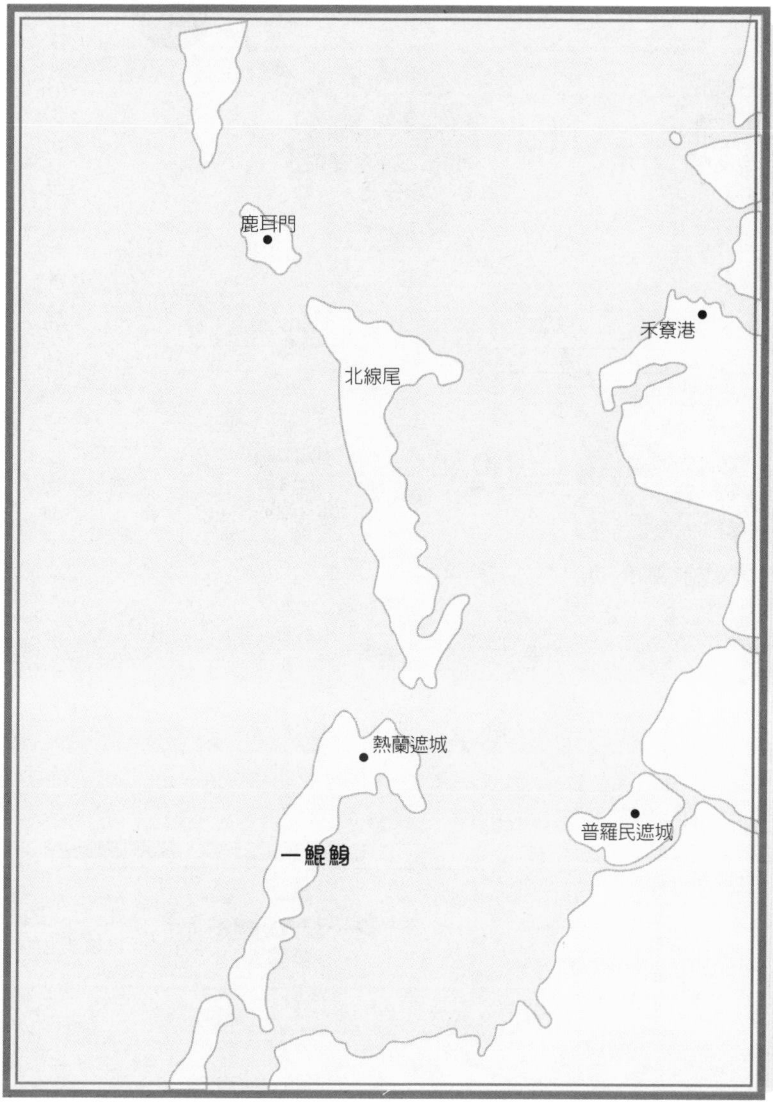

任務2 赤崁迷宮追追追

鬼一長官就快從赤崁街上溜掉了，怎麼辦？街上岔路多，路上還有許多指示牌，哎呀呀，仔細看看，那不是指示牌，竟然是一道一道的謎題，怎麼辦呢？請你趕快找出正確謎底，追到鬼一長官吧！

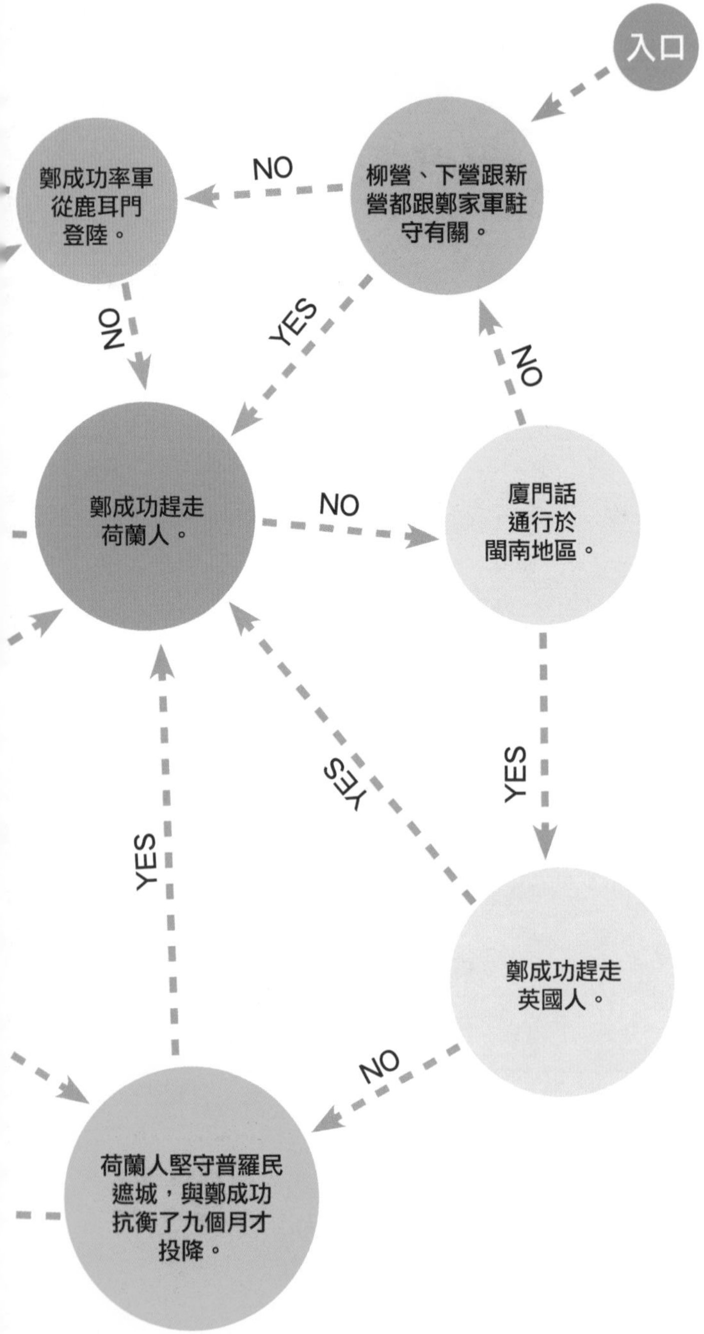

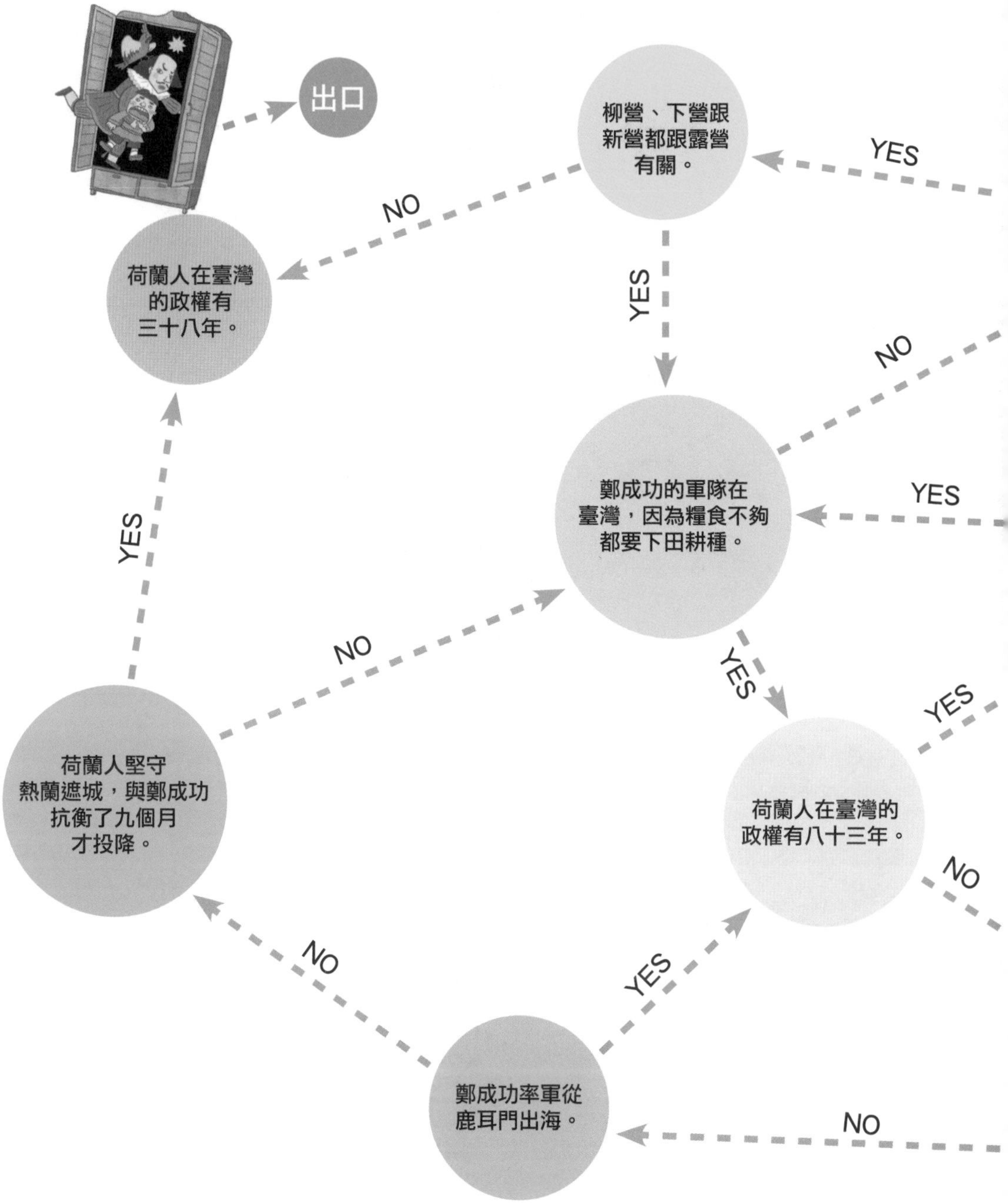
出口
柳營、下營跟
新營都跟露營
有關。
YES
NO
荷蘭人在臺灣
的政權有
三十八年。
YES
NO
鄭成功的軍隊在
臺灣，因為糧食不夠
都要下田耕種。
YES
YES
NO
YES
荷蘭人堅守
熱蘭遮城，與鄭成功
抗衡了九個月
才投降。
YES
荷蘭人在臺灣的
政權有八十三年。
NO
NO
YES
鄭成功率軍從
鹿耳門出海。
NO

任務3 府城滄海桑田連連看

鄭荷大戰就在今天的臺南市，臺南是臺灣的古都，擁有悠久的歷史，對照新舊兩張地圖，把相同的地點，用筆連起來，你會發現，滄海桑田，變化萬千呢。

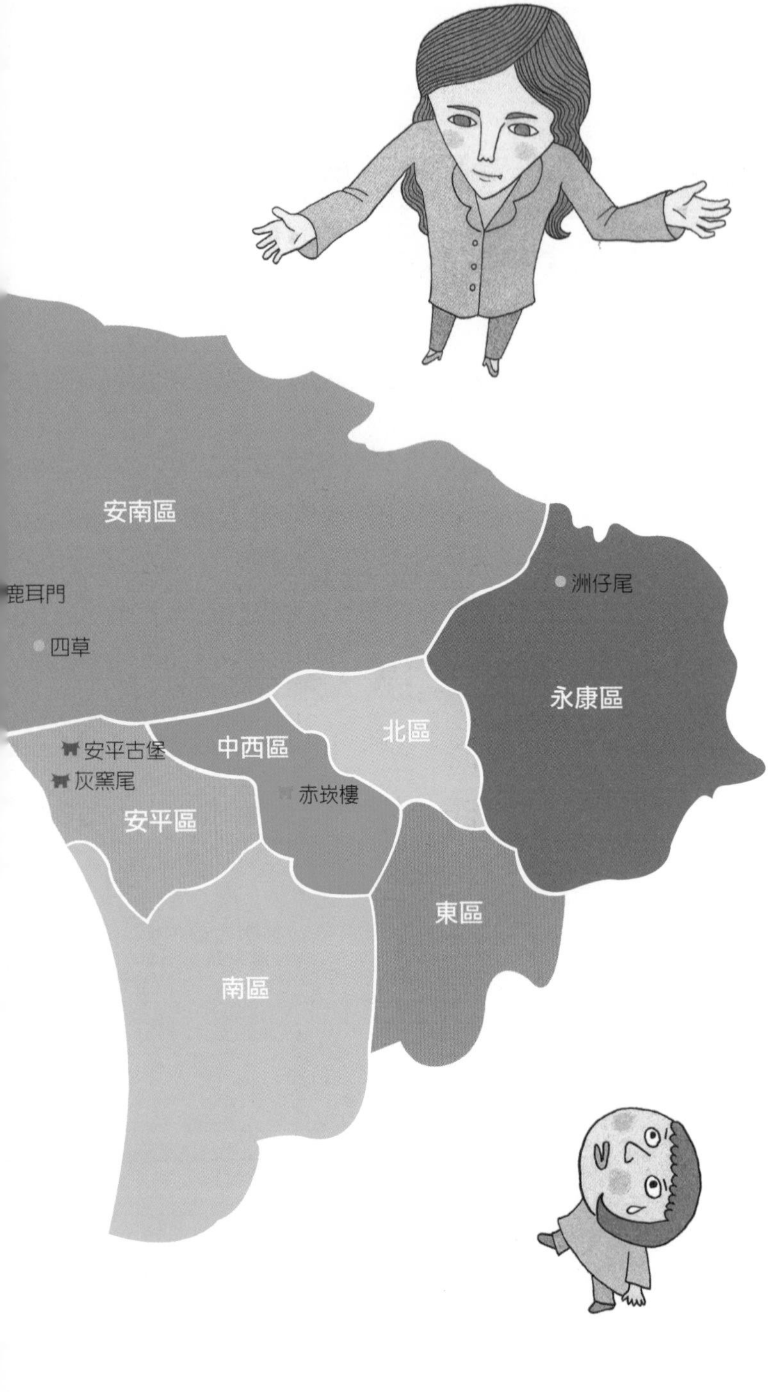

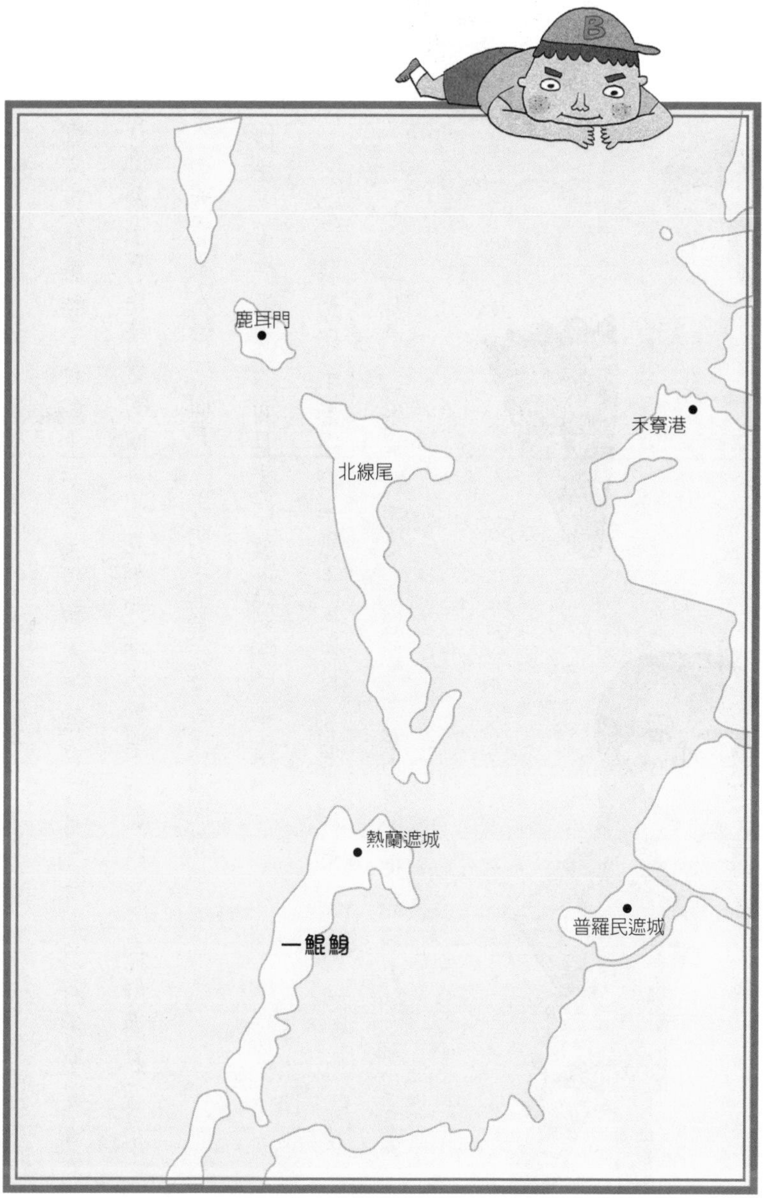
鹿耳門
禾寮港
北線尾
熱蘭遮城
普羅民遮城
一鯤鯓

任務4 動手做面具

鄭家軍作戰時，會戴上面具嚇退敵人，給自己勇氣。面具可不全是嚇人用的，如果我們戴上嘉年華會的面具，立刻能增添歡樂的氣氛。一個好面具就是一個藝術品，來，先看別人做的面具，再動手做一個自己的面具吧。

作法：①把附錄的面具影印放大到和臉一樣大。

②將影印紙描在西卡紙上，發揮創意，開始上色嘍。

③再加點羽毛、珠子、銅線等素材，可以增添面具的魅力喔。

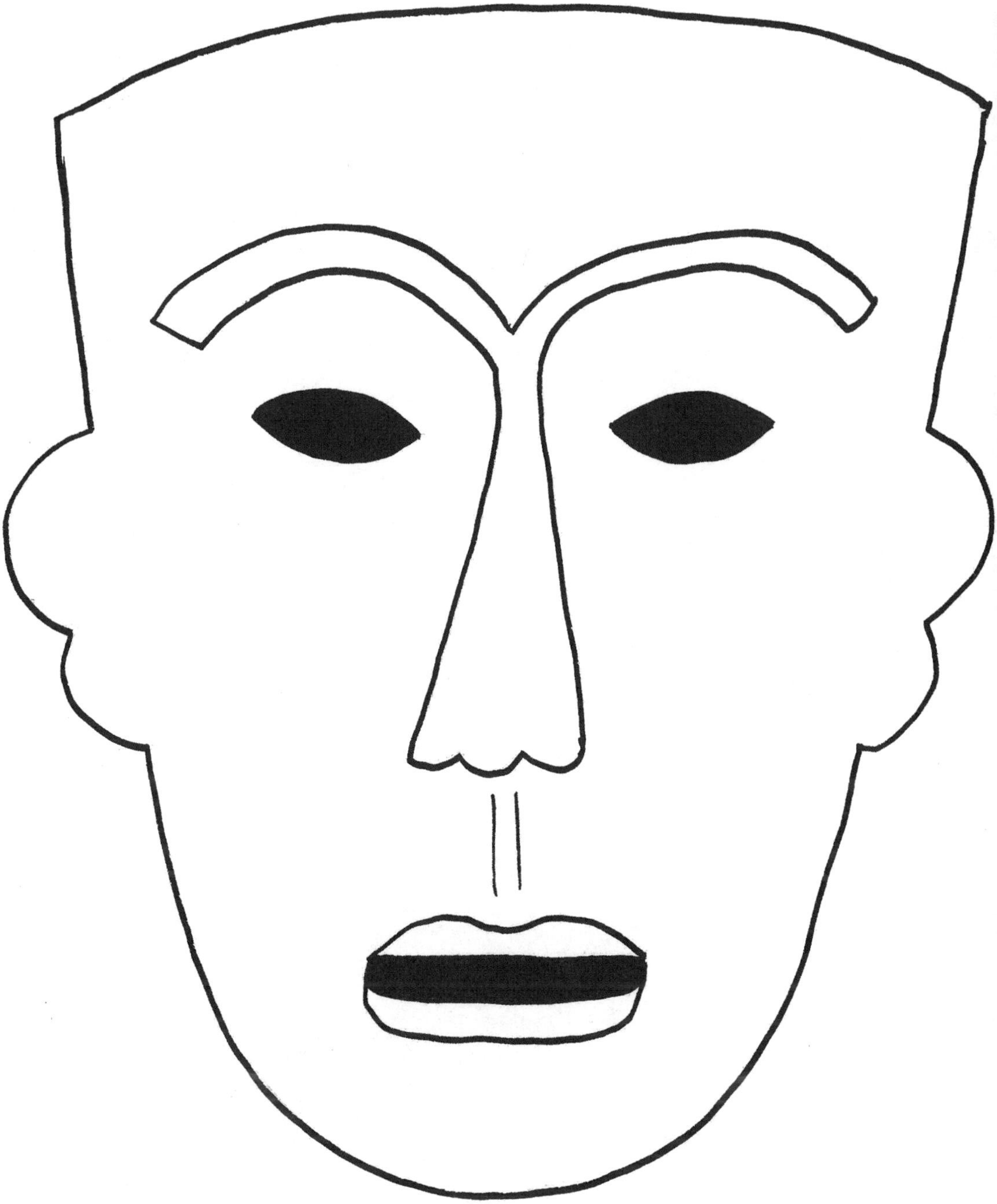

解答

任務1．鄭成功攻臺地圖

答案：

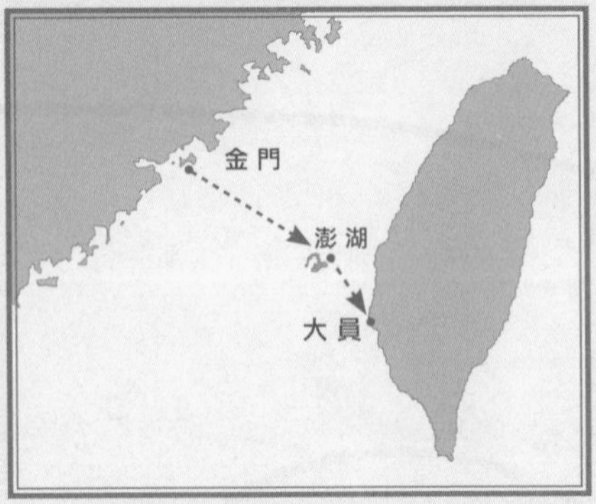

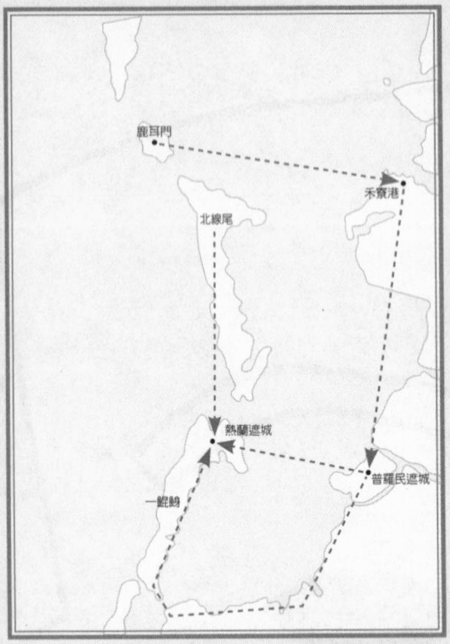

任務2．赤崁迷宮追追追

答案：

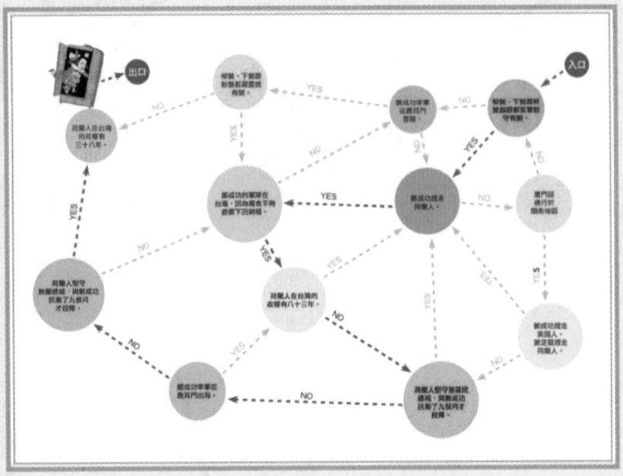

任務3．府城滄海桑田連連看

答案：

禾寮港：永康洲仔尾

北線尾：四草

熱蘭遮城：安平古堡

普羅民遮城：赤崁樓

一鯤鯓：灰窯尾

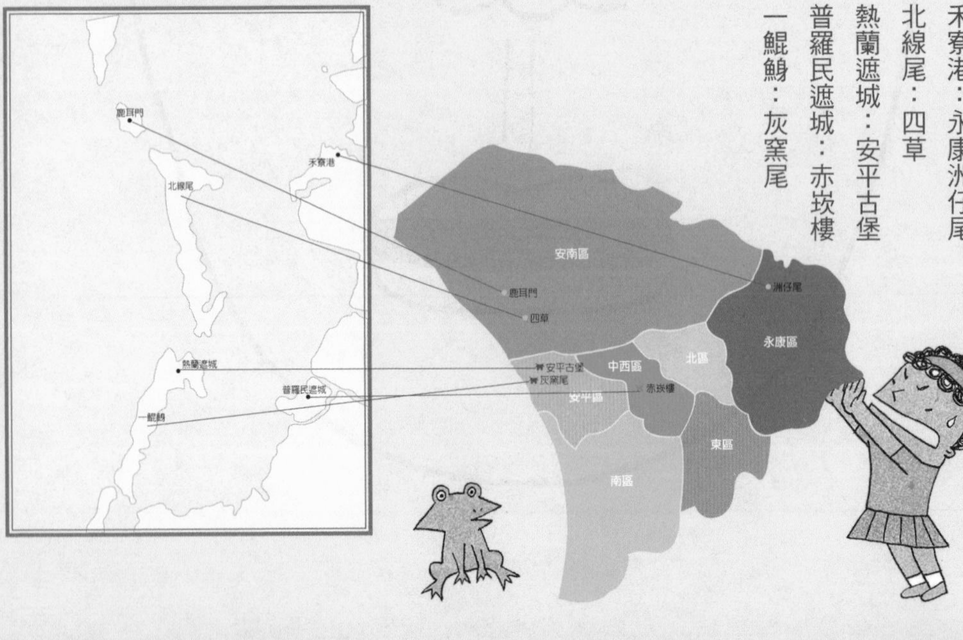

作者的話

臺灣歷史百萬小學堂

王文華

「歡迎光臨！」對面的白髮爺爺，手裡的枴杖上刻著VOC。

我心裡一陣奇怪，歡迎什麼呀？

「你有三次求救機會，call out，現場民調或是翻書找答案。」

「這……這是百萬小學堂？」

「不，」右手邊的爺爺穿著盔甲，「是臺灣歷史百萬小學堂。」

「可是我沒報名？」

「既來之則安之。」盔甲爺爺說，「第一題我問你，請想像出四百年前的臺灣。」

「四百年前的臺灣雞會生蛋，鳥會拉屎，對了，還有很多喔喔喔喔的印第安人出來。」

盔甲爺爺搖搖頭：「印第安人在美國，臺灣的原住民分成很多族，荷蘭人最常接觸的是西拉雅人。」

「是是是，」我重新再想一遍回答：「四百年前，臺灣島上，原始森林密布，平原上梅花鹿成群，島上居民怡然自得，那時的天是藍的，地是綠的，藍汪汪，綠油油。

對了，四百年前，海盜顏思齊把臺灣當成基地，躲官兵、藏寶物，不過，顏思齊不厲害，厲害的是他手下的鄭芝龍。鄭芝龍有經營管理的頭腦，把打家劫舍的海盜船隊，帶隊投降明帝國，當起水師，在明帝國與清兵爭天下的年代，鄭芝龍在福建與臺灣、日本間，迅速擴張自己的力量，想要在臺灣附近經商的船隊，不管是漢人還是西洋人，都得聽他的話。」我一口氣說完。

兩個爺爺很高興：「你懂了，可以開始了。」

「現在才開始？」

「第一題來啦，沈葆楨來臺灣，為什麼臺灣的羅漢腳仔都很高興？

一、沈葆楨開山撫番，開闢三條東西橫貫步道。

二、沈葆楨建炮臺防範日本，像億載金城。

三、沈葆楨請清廷廢掉禁止人民來臺令。」

「嗯，這個嘛……是一嗎？」

白髮爺爺搖搖頭。

「難道是二？」

盔甲爺爺笑一笑。

「不會是三吧？」

左手邊還有個爺爺打瞌睡。

我想不出來，只好要求：「我要 call out。」

我拿出手機趕快撥給爸爸，他對臺灣歷史熟。可是我爸手機沒開。

我再撥給我們學校校長，他年高德劭，對臺灣一定也……

……嘟……嘟……這是空號，請重新撥號……

「時間快到了。」白髮爺爺提醒我。

我靈機一動：「我撥給誰都可以嗎？」

他點點頭。

「請問您電話幾號？」

白髮爺爺沒料到這一招，他笑了：「我直接告訴你吧，是三，廢掉禁令，婦女可以來臺灣，羅漢腳仔也能娶媳婦，大家都高興。」

「好啦，第二題來了，」盔甲爺爺拍一下桌子，「下列物品，哪樣是臺灣最早的世界第一？樟腦、筆電、腳踏車、網球拍、鹿皮或蔗糖。」

「不公平，哪有一次給這麼多選項。」

盔甲爺爺又拍了一下桌子，桌子垮了。

「想當可能小學五年級社會科老師，就得闖過小學堂。」

「我……」我想不出來，「我要求救，民調。」

「你調吧！」他坐回去，翹著腿，抖呀抖的，椅子現在也岌岌可危。

「選一的請舉手。」

兩個爺爺舉手；第三個在點頭，點頭不是贊成，因為他在打瞌睡。

「能請他認真一點，不要再……再睡了？」我指指瞌睡爺爺。

「我們只問自己，不管別人。」

「那，選二的請舉手。」

又是兩人舉手，一人點頭。

「選三的……」

又……

「我不玩了，你們每樣都舉手，我怎麼過得了關？」

「那我們每樣都不舉手，行了吧。」白髮爺爺說到做到，後來的選項他雙手放在頸後，一臉優閒。

民調不可信，我只能自立自強，不會是筆電，因為球鞋和網球拍比他們更早，不會是蔗糖，巴西蔗糖更多，那鹿皮和樟腦？

「我選樟腦，鹿皮好像很多地方也都有。」

白髮爺爺搖搖瞌睡爺爺：「該你了，臺灣在清帝國時樟腦世界第一他猜出來了。」瞌睡爺爺留著八字鬍，說話像個外國人。

「日本時代有句諺語，叫做第一憨種甘蔗給會社磅，日本人收購甘蔗的價格低到離譜，讓農民入不敷出，有時連肥料錢都不夠，結果引起什麼事件，變成了臺灣農民運動的起源？」

「選項呢？」

「剛才你嫌多，現在都取消了，快回答，你有三十秒。」

「我……」我想起還有一個求救，「我要翻書找答案。」

「請！」

「這裡沒書。」

「你得自己想辦法。」

「我要抗議。」

「抗議不成立，而且時間到，你闖關失敗，明年再來。」

「我不……我……你們至少提供書讓考生翻呀。」

盔甲爺爺瞅了我一眼：「受不了你，拿去吧，看完，明年再來考吧。」

就這樣，我被推到門口，我低頭看看手裡的書：【可能小學的愛臺灣任務】。

「讀這書可以當臺灣史的老師？」

「真的嗎？」

「這……」

於是我翻開書，進入愛臺灣的任務……

審訂者的話

發現歷史的樂趣

吳密察／國立故宮博物院院長

學校裡的歷史教科書，似乎總是不太有趣。要不是淨是一些人名、年代、戰爭、條約、制度，需要背誦記憶的零碎資訊，就是一些太過簡化的經濟貿易、社會結構之敘述。從內容來看，歷史教科書裡的歷史大都是大人們，尤其是（偉）大人物們的事業功績、思想作為，或者是國家、社會之結構和發展上的大事。對於孩童來說，這都未免太難以理解，或是太沉重了。況且，教科書的分析常失之簡化，甚至還經常是在極端簡化的分析之後，做了非常具有意識型態或道德的評斷。

其實，歷史原本應該是相當有趣的。因為歷史雖然是確實存在過的「過去」，但是這些「過去」卻必需要經過人為的挑選與組合，甚至解釋，才能夠重新被認識。因此，歷史是要靠人去「發現」的，甚至還可以說是要靠人去「製作」的。

當然，歷史並不是被恣意的「發現」、「製作」的。「發現」與「製作」歷史的過程，需要有材料（史料），也需要有技藝（方法），當然還自然會存在著「發現者」、「製作者」的意識型態。這種「發現」、「製作」出來的歷史，是一個可以被檢證與討論的，具有理路脈絡的「論述」。它不但有類似某人姓啥名誰的這種純粹事實，也有根據史料的推理臆測，也有被容許範圍內的想像，當然還有價值判斷。因此，歷史應該是非常吸引人的一種知識和知識的探索工作。但是我們的歷史教科書卻難以引領學生思考，只提供一些經過編寫者選擇而且做出評斷的「史實」，讓學生只能被動的接受和記誦這些教科書所給的資訊和結論。於是，我們想要用比較有趣的體裁（文學、電影……），來補助歷史教科書的不足，或「解救」歷史教科書的無趣。

對於兒童來說，自從有了腦筋急轉彎、周星馳式的無厘頭喜劇大行其道、哈利波特式的奇幻小說電影舉世轟動之後，小說、電影人物不但可以穿梭不同時空，也可以轉換成各種異形，大大的擴展了想像空間。

孩童的閱讀世界，甚至日常生活的行為、言談，也呈現各種新的型態和流行。腦筋急轉彎、無厘頭、搞笑、KUSO……，相對於持平莊重、按部就班、娓娓道來這些顯得古色蒼然、枯燥無趣的表現方式，便新鮮活潑而且變得討好了。

不過，這種虛虛實實、虛而又實實而又虛、來去於未來與過去之間、乎焉在此又乎焉在彼的孩童讀物，如何來陳述歷史呢？由作者選出一些「歷史事實片段」嵌入小說情節當中，這個方式也容易出現歷史斷片化或過度簡化的情況。這套書的解決方式是以穿插書中的「超時空報馬仔」和書後的「絕對可能任務」提供的歷史知識來加以調和。

即使如此，這仍然是屬於作者所製作和發現的歷史。我倒是建議家長們以此為起點，引領孩子想一想：

- **小說與歷史事實的差異在哪裡？**
- **哪些是可能的，哪些不可能？**
- **還有沒有別的可能？**

小說和歷史的距離，也許正是帶領孩子進一步探索、發現臺灣史的一種開始。

推薦人的話

超時空報馬仔

柯華葳／中央大學學習與教學研究所榮譽教授

時間是抽象的，而存於時間中的人物對兒童來說是模糊的。我們曾經研究學童對一些叫得出名號的歷史人物有多認識，結果發現，對兒童來說，這些人物是故事中的主角。以媽祖和關公為例，多數孩子見他們在廟裡端正坐著，接受善男信女膜拜，雖讀過一點三國演義以及課本中林默娘的事跡，還是不很確定他們是真人，更不用說人、神之分。當輔以照片，大多數學童則以外貌，如鬍鬚、衣著、髮型判斷誰最有年紀，忘了他們的時空背景。

事實上，人物、事件與背景是歷史和故事都必須有的元素。歷史與故事的差異不大，這也是歷史吸引人，可以不斷的被轉化成電視劇、電影甚至電玩的原因。不過，當故事說：「從前，從前……」，對說故事和聽故事的人來說，只是一個開場，但對歷史來說，那就是學問了。在時空條件下，根據史料，詮釋歷史事件的原因和影響是讀歷史需要的訓練。當然，這當中避不開詮釋者受本身條件的影響。就像在歐洲重要博物館中有許多聖母瑪利亞的畫像。由瑪莉亞身上的穿著，可以看出畫家所處的年代以及當時有的顏料。十三世紀畫家給世紀初的瑪利亞穿上十三世紀的衣服，十五世紀畫家則給她穿十五世紀的衣服。我們讀歷史也會以今釋古。

但是對兒童來說，今古不分外，他們也不容易分辨傳說、故事與史實。因此閱讀歷史更顯其重要性。閱讀歷史，一方面在認識前人的作為，對世界各地、各種文化與其變遷有所認識。另一方面認識時序脈絡、空間因素和歷史事件的關係，進而理解不同世代的人對同一事件可能會有物換星移，很不一樣的見解，例如不同時代所撰寫秦始皇的功與過。不過讀史最重要的是，認識自己與歷史的關係，不論是解釋歷史或是以史為鑑。這大概是歷史教育的至終目標。

【可能小學的愛臺灣任務】寫的是荷蘭、鄭成功、劉銘傳和日治時代的臺灣。作者王文華以故事說歷史，其中有真人真事，也有虛擬的人，還有作者自己的解釋以為串場，將史料連結，讓學生更生動有趣的閱讀。而為幫助學生不至於只見故事不見史，作者整理與設計了「超時空報馬仔」，把與故事有關的史料一併呈現。兩相對照閱讀下，我們期許小讀者認識自己生長的土地，是許多有活力、勇敢、視野寬廣的前人生活過的地方。更期許小讀者慢慢養成多元的觀點，學著解釋這些過去與自己的關係，找著自己安身立命的根基。

推薦人的話

愛臺灣，從認識臺灣開始

林玫伶／前臺北市國語實小校長、清華大學客座助理教授

「深耕本土、迎向世界」，是臺灣主體教育的重要理念。新一代不能只對唐堯虞舜夏商周倒背如流，卻對臺灣的荷西、明鄭、清領、日治搞不清楚；新一代不能只知道拿破崙、羅斯福，卻沒聽過有「鄭氏諸葛」之稱的陳永華，或是對臺灣近代化有重大影響的沈葆楨。

認識臺灣，是一種尋根的歷程，是一種情感的附依，更是一種歷史感的接軌。

我們教育下一代要對在臺灣這塊土地的人民同等尊重、兼容並蓄，可知臺灣不論在哪個時代，早就同時存在不同類型的文化。多元文化的擦撞與妥協、衝突與融合，早已是臺灣歷史的一大特色。

我們教育下一代要有國際觀、放眼世界，可知臺灣這個海島資源有限，每個時代都與外界關係密切，重視貿易、國際競逐，早已是臺灣歷史的重要一頁。

歷史絕不只是寫「死人的東西」，它活生生的與我們文化、思想、行為、生活產生交互作用。生為臺灣人，認識臺灣本來就不需要理由，如果需要，那麼，我們或許可以這樣說：「它告訴我們這塊土地的故事，它的過去，正不斷影響我們的現在和未來！」

然而，許多孩子只要一聽到歷史就想打瞌睡，除了教科書上堆砌著無聊的年代、人名、地名外，歷史的長河被壓縮成重要的大事件記，一兩頁就道盡數十、數百甚至數千年的光陰流轉，難以讓讀者產生感動，更遑論貼近這片土地的共鳴。

很慶幸的有這套專門為孩子寫的臺灣史，作者以文學的形式描繪歷史，不僅在敘述上充滿懸疑的故事、冒險的情節，容易讓孩子產生閱讀的樂趣；另一方面，作者各選定荷西、明鄭、清領、日治四個時期的某一段史實，透過兩個主角的跨時空體驗，能讓讀者身歷其境，腦中勾勒出活跳跳的畫面，有助於現場感的沉浸、對過往同情的理解。相較於一般臺灣史故事的寫法，本套書雖然以較長的篇幅，描述類似斷代的生活故事，但對孩子而言，激發對史實的興趣、提煉深刻的思考，都比灌輸知識更有意義。

愛臺灣的第一步，無疑從認識臺灣開始。孩子學習臺灣史，對臺灣的關懷與熱情將更有著落，對土地的尊敬與謙虛將更為踏實；而要讓孩子「自動自發」認識臺灣史，那就給他一套好看、充實又深刻的臺灣史故事吧！

可能小學的愛臺灣任務 2

鄭荷大戰

作者｜王文華
繪者｜徐至宏
圖片提供｜吳梅瑛、謝宗榮

責任編輯｜張文婷．李寧紜
特約編輯｜吳梅瑛．劉握瑜
封面設計｜李潔
美術設計｜蕭雅慧．丘山
行銷企劃｜翁郁涵

天下雜誌群創辦人｜殷允芃
董事長兼執行長｜何琦瑜
媒體暨產品事業群
總經理｜游玉雪
副總經理｜林彥傑
總編輯｜林欣靜
行銷總監｜林育菁
副總監｜李幼婷
版權主任｜何晨瑋、黃微真

出版者｜親子天下股份有限公司
地址｜台北市 104 建國北路一段 96 號 4 樓
電話｜（02）2509-2800　傳真｜（02）2509-2462
網址｜ www.parenting.com.tw
讀者服務專線｜（02）2662-0332　週一～週五：09:00~17:30
讀者服務傳真｜（02）2662-6048　客服信箱｜ parenting@cw.com.tw
法律顧問｜台英國際商務法律事務所 ・ 羅明通律師
製版印刷｜中原造像股份有限公司
總經銷｜大和圖書有限公司　電話：（02）8990-2588

出版日期｜ 2022 年 12 月第二版第一次印行
2024 年 8 月第二版第二次印行
定價｜ 350 元
書號｜ BKKCE030P
ISBN ｜ 978-626-305-338-0（平裝）

訂購服務
親子天下 Shopping ｜ shopping.parenting.com.tw
海外．大量訂購｜ parenting@cw.com.tw
書香花園｜台北市建國北路二段 6 巷 11 號　電話（02）2506-1635
劃撥帳號｜ 50331356 親子天下股份有限公司

立即購買 >
有聲故事書

國家圖書館出版品預行編目資料

鄭荷大戰/王文華文 ; 徐至宏圖. -- 第二版. --
臺北市 : 親子天下股份有限公司, 2022.12
144面 ; 17×22公分. --
(可能小學的愛臺灣任務 ; 2)
注音版
ISBN 978-626-305-338-0(平裝)

863.596　　11015696